Ich stand am Fenster…

Joachim Strienz

Ich stand am Fenster...

Anna und Paul

Eine Liebesgeschichte

Joachim Strienz ist Arzt und lebt in Stuttgart

Die Deutsche Nationalbibliothek verzeichnet diese Publikation in der Deutschen Nationalbibliografie; detaillierte bibliografische Daten sind im Internet über http://dnb.d-nb.de abrufbar.

Herstellung und Verlag
BoD-Books on Demand, Norderstedt

ISBN 978-3-7528-3877-0

Ich stand am Fenster und schaute hinaus. Unter mir war die Straße. Ich stand jetzt schon eine Weile so da. Schon sieben Tage war ich jetzt zu Hause. Ich wartete...

Worauf wartete ich eigentlich?

Wo war eigentlich die ganze Zeit geblieben?

In der Eintönigkeit und in der Langeweile, so kam es mir vor!

Auf diese Weise konnte man es sich vielleicht erklären.

Ich war ja in einer Klinik gewesen. Es ging nämlich nicht mehr anders!

Das Leben hatte einfach nicht mehr funktioniert. Ich war ein anderer Mensch geworden. Ich konnte nicht mehr reden. Entweder sagte ich zu viel oder gar nichts mehr. Es stimmte nichts. Dann wiederholte ich mich immer wieder. Aber es bedeutete nichts. Es war sinnlos. Es war wie die Musik auf einer Toilette oder in der Sauna. Nach einer bestimmten Zeit fing alles wieder von vorne an. Aber es hatte keine Bedeutung und führte auch zu nichts. Eine Klangwelle war es. Sie transportierte aber nichts mehr. Es kam jedenfalls nichts mehr am anderen Ende an.

Es hätte auch alles misslingen können. Aber ich hatte trotzdem jetzt keine Dankbarkeit. Es war ja weiterhin alles beliebig. Wenn ich nicht mehr da gewesen wäre, dann hätte jemand anderes eben die Lücke geschlossen. Alles, was ich besaß, hätte halt den Besitzer gewechselt. Entweder es war dann für ihn brauchbar gewesen oder er hätte eben dann alles verschenkt oder in einen Container gegeben und alles wäre dann entsorgt worden. So wäre ich dann vielleicht auch ganz verschwunden. Auch entsorgt worden! Wohin auch immer. Keiner hätte sich an meinen Namen mehr erinnert.

Die Zeit wäre natürlich für die anderen weitergegangen. Niemand hätte sich deswegen überhaupt einen Gedanken gemacht.

Es war schon immer so. Der Eine ging, der Andere kam. Darüber regte sich wirklich niemand auf. Das musste ich so akzeptieren. Und das tat ich ja auch.

Ich fühlte mich ziemlich einsam. Aber ich beachtete es nicht. Es war für mich jetzt ganz normal. Der Tag verging und der nächste kam. Heute war der siebte Tag nach meiner Entlassung aus der Klinik. Ich blickte zurück. Und wieder auf die Straße. Es regnete, wie so oft in den letzten Tagen. Das Wasser lief an den Bordsteinen entlang und die zu kleinen Reihen aufgeschobenen Blätter sammelten sich an den Abflüssen. Der Regen war stark. Er reinigte aber alles.

Es war noch früh am Morgen, und ich sah viele Menschen rasch die Straße entlanggehen, um dann direkt unter meinem Fenster nach links zur S-Bahn-Haltestelle abzubiegen. Ja, so war es auch bei mir immer gewesen. Immer in Eile war ich gewesen. Keine Verschnaufpause. Keine Zeit durfte ich verlieren! Jetzt hatte ich viel zu viel davon. Auf einmal.

In der Klinik hatten sie mir die Diagnose Burnout gegeben. Mein Tischnachbar grinste mich damals, als wir beim Mittagessen darüber sprachen, an und sagte:

„Jetzt hast du auch diese Modediagnose, Glückwunsch!"

Ich war ratlos damals und wusste keine Antwort darauf. Was sollte ich sagen? Man hatte mir gesagt, das sei eine sehr alte Krankheit. Die hatte es schon immer gegeben, lediglich die Bezeichnungen waren aber jeweils anders gewesen. Schon im Alten Testament sei diese Krankheit beschrieben worden, nämlich schon bei Moses. Der hatte nämlich auch schon Burnout gehabt. Ich war damals erstaunt gewesen. Moses hatte Burnout? Das hatte ich nicht gewusst. Aber denkbar war das schon! Der hatte ja auch ziemlich viel Stress gehabt.

Auch der große Schriftsteller Thomas Mann hatte bei Thomas Buddenbrook diese Krankheit erkannt. Von Shakespeare kam dann das Wort „to burn out", also ausbrennen. Das war für mich neu, das wusste ich bis zu diesem Zeitpunkt auch noch nicht. Warum war ich eigentlich ausgebrannt? Was waren die Gründe?

„Ja, Herr Kollege, das werden wir schon wieder hinbekommen. Schon andere haben diese Krankheit vor Ihnen überwunden. Ärzte gehören nun mal zur Spitzengruppe der Burnout-Patienten. Wahrscheinlich bekämen über 20% der Ärzte hierzulande diese Diagnose, wenn sie sich behandeln ließen. Man müsste nur genauer hinschauen. Der Job ist mörderisch. Ich sage nichts mehr dazu. Aber da wird sich in den nächsten Jahren viel ändern müssen. Das wird so nicht mehr weitergehen!"

Er klärte mich weiter auf:

„Im ICD10, also der Internationalen Klassifizierungen von Erkrankungen der Weltgesundheitsorganisation WHO ist Burnout keine Krankheitsdiagnose, sondern wird als „Restkategorie Z73, Probleme verbunden mit der Lebensführung" aufgeführt. Im „Diagnostischen Manual" der Amerikanischen Psychiatrischen Vereinigung gibt es den Begriff Burnout überhaupt nicht."

Das überraschte mich allerdings.

Später erfuhr ich:

„Aufgrund fehlender Diagnosekriterien sind weder genaue Aussagen über die Häufigkeit noch über die Kostenrelevanz von Burnout möglich. Burnout wird zudem als Ausweichdiagnose für andere psychische Störungen wie Depression, Angst- oder Abhängigkeitserkrankungen verwendet und verhindert so eine adäquate, leitliniengerechte Behandlung."

Auf solch dünnem Eis bewegte ich mich also. Aber was sollte ich tun? Wie ging es mit mir überhaupt weiter? Wer konnte mir denn helfen?

Ich schaute meinen Therapeuten an. Er sagte zunächst nichts. Sicherlich konnte er mir helfen. Ich war ja nicht sein erster Patient!

×

Natürlich war es schwer, sich an diese Ruhe zu gewöhnen. Ich stand stundenlang am Fenster und sah den Nachbarn gegenüber der Straße beim Leben zu. Ich war auch neidisch auf sie, weil sie alle irgendwelche Aufgaben zu erledigen hatten. Sie gingen zur Arbeit, ließen eine Untersuchung bei ihrem Arzt durchführen, brachten das Auto zur Inspektion oder ließen die Winterreifen aufziehen. Oder sie brachten das geliebte Haustier zum Tierarzt oder gingen Einkaufen, damit das Mittagessen pünktlich fertig wurde. Ich aber hatte jetzt nichts mehr zu tun! Wie sollte das eigentlich mit mir weitergehen? Würde ich jemals wieder ein normales Leben führen können?

Ich wartete also....

Worauf eigentlich?

Irgendwann würde das Signal zum Aufbruch kommen. Ich würde dann doch wieder gebraucht! Ich hoffte es zumindest.

Aber, was war denn eigentlich mit mir passiert? Welche Beschwerden hatte ich denn eigentlich gehabt? Warum ging es damals nicht mehr weiter?

Man hatte mir gesagt, dass von den verschiedenen Autoren, die sich mit der Erkrankung Burnout bisher befasst hätten, mindestens 120 verschiedene Symptome dem Burnout zugeordnet worden seien.

Aber es gab trotzdem keine einheitliche Definition!

Einer der Therapeuten sprach hin und wieder von einem „Türöffner".

„Wie? Was?"

„Ja, mit dem Begriff Burnout sei es jetzt endlich möglich, mit Ärzten und in der Öffentlichkeit über psychischen Probleme zu sprechen. Viele hätten sich das vorher einfach nicht getraut. Das ist jetzt eine große Erleichterung für diese Menschen." Er lächelte mich freundlich an.

Ich dachte darüber nach. Wahrscheinlich hatte er recht. Niemand wollte eine psychiatrische Diagnose haben. Die bekam man ja auch so schnell nicht wieder weg. Die wurde auch Kassen und Ämtern gemeldet. Das war schon ein Risiko. Psychiater waren mit psychiatrischen Diagnosen nicht zimperlich.

„Mit der Diagnose Burnout versucht man die Stigmatisierung psychischer Störungen zu umgehen", sagte er gedankenversunken. Jetzt hatte er es also auf den Punkt gebracht.

Nach einer kurzen Pause sprach mein Arzt in der Klinik weiter:

„Es sind ja eigentlich gerade die Leistungsstarken, die ausgebrannt werden."

Was hatte das aber mit mir zu tun? Ich war doch immer gesund gewesen!

Dann sprach er weiter:

„Die öffentliche Debatte um das Thema Burnout ist ja auch zu begrüßen. Sie hilft ja den Betroffenen. Außerdem sensibilisiert sie diese Leistungsgesellschaft für die Zusammenhänge von Lebensführung, psychosozialen Belastungen und psychischen Beschwerden."

Das hörte sich alles schon ziemlich wissenschaftlich an. Fast schon ein Gespräch unter Kollegen. Aber ich war ja der Patient.

Ich hatte ja die Probleme!

Warum war ich eigentlich so erschöpft gewesen? Wie war es eigentlich überhaupt dazu gekommen?

Na gut, ich hatte mich ja so in die Arbeit „reingehängt". Die Sache mit dem Vitamin D-Rezeptor.

Mit Ben und Davide zusammen. Aber, es war zunächst damals die Begeisterung für das Neue gewesen. Dadurch hatte ich ja alles um mich herum total vergessen. Es hatte ja zunächst auch so viel Spaß gemacht.

Wir hatten etwas Besonderes entdeckt und wir wollten es auch dann zu Ende bringen. Wir konnten nämlich den Vitamin D-Rezeptor der Zellen entschlüsseln. Wir hatten ihn entdeckt. Dort, wo das aktivierte Vitamin D an der Zelle andockte und seine hormonelle Wirkung entfaltete. Es war eine Sensation gewesen!

Und Ben konnte dann beschädigte Vitamin D-Rezeptoren sogar wieder reparieren!

Die Pharmaindustrie lief uns die „Bude" ein. Es war unglaublich. Wir waren wirklich sehr erfolgreich gewesen. Wir konnten stolz sein.

Wir wollten es uns beweisen. Dabei war aber unser Einsatz viel zu hoch gewesen und wir vernachlässigten dann unsere eigenen Bedürfnisse.

Es gab nichts mehr daneben. Keinen Sport, keine Beziehungen mehr und keine Kultur. Ich war nicht einmal mehr in meinem Lieblingsjazzlokal aufgetaucht.

Später kamen Sinnlosigkeit und das zunehmende Desinteresse hinzu. Dann streikte der Körper plötzlich. Ich war damals ziemlich ratlos gewesen!

×

Ich stand noch immer am Fenster in meinem fünften Stock und schaute zum Haus gegenüber. Dort stand der vierte Stock schon wochenlang leer. Das fiel mir immer wieder auf. Wahrscheinlich lag es daran, dass ich besonders gut in diese Wohnung hineinsehen konnte. Von allen Seiten schien das Licht dort hinein. Jetzt waren allerdings teilweise die Rollladen wieder heruntergelassen worden, so dass kaum noch etwas erkennbar war.

Schon vor meinem Klinikaufenthalt waren die Leute dort ausgezogen. Ein Paar mit einem Kleinkind hatte dort gewohnt. Ihnen war die Wohnung allerdings zu klein geworden, nachdem das Kind geboren worden war. Aus dem Arbeitszimmer des Vaters wurde zunächst das Kinderzimmer. Das ging auf Dauer nicht gut. Beide hatten sich einmal angeschrien und er hatte wild mit den Händen gestikuliert und immer auf die Wiege mit dem Baby gedeutet. Dann waren beide in verschiedenen Zimmern verschwunden und hatten in ihre Notebooks gestarrt. Irgendwann hatten sie sich dann doch wieder vertragen. Wahrscheinlich war damals die Entscheidung gefallen, nach einer größeren

Wohnung zu suchen. Jetzt war die Wohnung noch immer nicht weitervermietet. Alles war dort dunkel. Warum zog dort eigentlich niemand ein? Bei den hohen Monatsmieten musste doch der Mietausfall richtig wehtun! Ich schüttelte nur den Kopf darüber.

Über dieser Wohnung lebte der Computerfreak. Er saß Tag und Nacht vor seinem Rechner und entwickelte Programme. Der Monitor leuchtete ständig blau auf. Selten kam seine Freundin vorbei und dann wurde es dort zwar etwas dunkler, aber der Monitor wurde trotzdem niemals abgeschaltet. Das Licht dort war dann immer noch etwas bläulich.

In der Mitte, also unter der jetzt unbewohnten Wohnung, lebten die Italiener. Vater, Mutter und zwei Kinder. Häufig kamen die Großeltern oder auch andere Verwandte vorbei. Das Essen dauerte Stunden. Immer wieder verschwand dann die Mutter in der Küche und danach ging das Essen wieder weiter. Oft wurde auch gestritten. Alle wedelten dann am Tisch wild mit ihren Händen. Ich hörte ihre Stimmen natürlich nicht. Es war, wie wenn die Lautstärke am Fernseher vollständig abgestellt worden wäre.

Ein Glück! Es wäre bestimmt nicht auszuhalten gewesen. Alle Klischees über Italiener trafen bei ihnen zu. Das machte sie aber schon wieder recht sympathisch. Aber heute waren sie noch nicht zurückgekehrt. Auch bei ihnen war jetzt gerade alles noch völlig dunkel.

Ich wandte mich ab. Dort hinüber zu schauen half mir nicht weiter. Ich musste mein Leben jetzt wieder selbst neu einrichten. Mit Maß und Ziel. Wie das gehen sollte, wusste ich noch nicht richtig. Ich hatte zwar viel in der Klinik gelernt, aber jetzt war ich wieder alleine auf mich selbst gestellt. Ich war immer noch verunsichert. Wie konnte ich eigentlich das rechte Maß finden? Ich hatte aber auch Angst vor der Langeweile in meinem Leben.

Immer wieder stand ich an meinem Fenster und schaute hinaus. Ich hatte noch keinen Boden unter den Füßen. Ich war unsicher. Ich brauchte jetzt den Kontakt zur Welt. Ich musste wieder mein Leben neu ausrichten. Das sagte ich mir immer wieder. Es wieder von vorne beginnen.

Das Telefon klingelte plötzlich. Das war ungewöhnlich, denn ich erwartete ja gar keine Anrufe. Ich ging ran. Jetzt würde vielleicht doch endlich etwas passieren!

Es war Davide!

„Hast du Lust, mit uns zum Italiener zu gehen? Ben und seine Freundin Jennifer gehen auch mit!"

Es entstand eine Pause. Warum eigentlich?

„Bella Italia! Dort am Beginn der Fußgängerzone! Das kennst du ja!" Davide sprach weiter. Die meinten es wirklich gut mit mir.

Ich sollte jetzt nicht „Nein" sagen. Sie wollten mich doch dabeihaben.

„Okay, ich bin in 20 Minuten dort!" hörte ich mich jetzt sagen.

Eigentlich hatte ich ja gar keine Lust, dorthin zu gehen. Aber meine Therapeutin hatte mir eingeschärft, auf die Sozialkontakte besser zu achten. Die hatte ich ja leider so sehr vernachlässigt.

Ich war dann als erster dort!

Natürlich! Der Perfektionist! So war ich ja schon immer gewesen.

Der Wirt begrüßte mich wie einen alten Bekannten, aber ich war ja doch schon lange nicht mehr dort gewesen. Er sprach es aber nicht an. Er fragte mich nicht nach dem Grund, warum ich so lange nicht mehr im Restaurant war.

Ich nahm erst einmal einen Espresso. Dann kamen auch die anderen ins Restaurant.

Bens neue Freundin war reizend. Sie hieß Jennifer und sie flirtete ständig mit mir. Sie strich mir über die Unterarme und fuhr sich mit der linken Hand immer wieder durchs Haar. Aber sie war doch mit Ben hier, wollte sie etwa mit mir allein jetzt gleich nach Hause gehen?

Der arme Ben! Nein, ich sollte mit ihm kein Mitleid haben.

Wollte sie etwa vielleicht gleich bei mir einziehen? Wir lächelten uns an. Sie lehnte sich zurück und nahm den Oberkörper nach vorne. Wow! Diese Frau war Klasse! Aber es war Bens Freundin, so wurde mir gesagt. Immer wieder schaute ich sie an. Sie wendete kurz den Kopf auf die Seite und zeigte mir ihr Profil. Auch das sah gut aus.

Sollten wir beide jetzt doch gleich zusammen zu mir nach Hause gehen? Ich blieb aber noch sitzen. Das Gespräch ging ja auch noch weiter.

Sie schaltete sich auch immer wieder selbst ins Gespräch ein. Alle lachten. Davide saß etwas still daneben. Neben ihm saß seine Freundin Sophia. Auch sie eine Schönheit. Aber sie sprach wenig, beobachtete aber alles ganz genau. Das konnte ich sehen.

Die Reste der Vorspeise wurden abgeräumt, danach kam das Hauptgericht. Eine neue Weinflasche stand auch schon auf dem Tisch.

Jennifer lächelte mich weiter an. Sie hatte jetzt das blonde Haar ganz aufgelöst und schüttelte es nach hinten.

Würden wir beide jetzt doch gleich zusammen weggehen? Nein, wir blieben und beteiligten uns auch weiterhin brav am Gespräch.

Worüber wurde eigentlich gesprochen? Ich hatte die letzten Minuten gar nicht richtig zugehört.

Davide erzählte wieder von seinen Verhandlungen mit Novachemos. Dieser Pharmakonzern hatte uns ja die Patente für den Vitamin D-Rezeptor VDR abgekauft. Davide war dabei sehr erfolgreich gewesen und wir drei hatten dafür sehr viel Geld bekommen.

„Der VDR war einfach genial für uns. Lasst uns anstoßen!" sagte er in die Runde.

Wir stießen alle mit den Spumante-Gläsern an.

Eigentlich war ich immer sehr schüchtern gewesen, was Frauen anging. Meist waren es die Frauen selbst, die schließlich dann doch die Initiative ergriffen.

Es war eine Art von Absicherung. Nicht zu weit zu gehen, um keine Enttäuschung erleben zu müssen. Also ein Selbstschutz!

Ich schaute Jennifer wieder an. Sie flüsterte Ben etwas ins Ohr und biss ihn dabei leicht ins Ohrläppchen. Ihre kleine Zunge berührte dabei leicht sein Ohr. Sein Blick ging nach oben und dann wandte er sich ihr wieder zu. Beide lächelten sich an. Nochmals sagte sie etwas zu ihm, denn ich sah es an der Bewegung ihrer Lippen.

Würden jetzt die beiden gleich gehen und mich und die anderen allein im Restaurant zurücklassen? Hatten es beide denn jetzt sogar sehr eilig, schnell nach Hause zu kommen. Irgendwie hatte ich so das Gefühl. Nein, Ben wollte doch noch nicht gehen. Sie blieben also noch da. Das Gespräch ging nun weiter.

Ich musste sie also irgendwie direkt ansprechen. Nur so konnte ich erreichen, dass die beiden noch weiter hierblieben.

Ich setzte ein möglichst entspanntes Gesicht auf und fragte:

„Jennifer, wo habt ihr euch denn eigentlich kennen gelernt?"

Sie lächelte mich an und ich schmolz dahin.

„Im Kino!" sagte sie.

„Wirklich?"

„Ja, im Kino, aber den Film weiß ich nicht mehr. Ben hatte mich zu sehr vom Film abgelenkt."

„Ich saß vor ihr", bemerkte Ben, „und nach dem Film kamen wir plötzlich ganz leicht ins Gespräch, und so hatte alles angefangen."

Weitere Einzelheiten wollte er wohl nicht preisgeben und so versackte dann das Gespräch auch bald wieder.

Ben war es wohl die ganze Zeit gut gegangen. Er musste nicht wegen eines Burnouts in die Klinik, so wie ich. Er hatte sogar Lust, sich auf eine neue Partnerin einzulassen.

Warum war das nur bei mir so schlimm gewesen? Warum war bei mir alles total zusammengebrochen? Nachdenklich saß ich da und überließ das Gespräch jetzt den anderen.

x

Irgendwann kam ich dann doch wieder zuhause an. Ich war leicht betrunken. Das musste ich zugeben. Der Wein war doch recht stark und ich war unvorsichtig beim Trinken gewesen. Alkohol war ich ja gar nicht mehr gewöhnt. Auch das hatte meine Therapeutin immer wieder angemahnt.

„Reduzieren Sie unbedingt Ihren Alkoholkonsum!"

Ja, sie hatte ja auch recht. Vor meiner Erkrankung hatte ich gerne abends noch ein bis zwei Gläser Rotwein vor dem Schlafengehen getrunken.

Ja, es stimmte! Der Alkohol machte ja überhaupt keinen Sinn. Aber, man konnte dabei so gut abschalten.

x

Am nächsten Tag stand ich wieder am Fenster und schaute hinüber. Etwas war heute anders als sonst, das fiel mir sofort auf. Aber was?

Genau! Es brannte jetzt tatsächlich Licht in der Wohnung im 4. Stock.

Jemand hatte jetzt auch die Rollladen ganz hochgezogen.

Jetzt konnte ich plötzlich vieles wiedererkennen. Den Parkettboden und die Einbauschränke, aber auch den vorderen Teil der Küche.

In der Küche brannte jetzt Licht und die Tür zum Badezimmer stand weit offen.

In der Wohnung bewegte sich etwas. Ich sah Personen durch die Wohnung gehen. Eine rothaarige dicke Frau ging in Begleitung einer anderen Person durch die Wohnung. Es war ebenfalls eine Frau. Schlank mit hohen Absätzen. Das konnte ich sehen.

Ihr Gesicht konnte ich allerdings nicht richtig erkennen. Sie gingen gemeinsam durch alle Räume, blieben hier und dort stehen und dann gingen sie weiter ins nächste Zimmer.

Dort zeigte die Rothaarige in eine Richtung und beide bewegten sich dann dorthin. Dann gingen sie wieder zurück.

Die Rothaarige war die Maklerin und bot der zukünftigen Mieterin gerade die Wohnung an.

Diese hatte allerdings Änderungswünsche. Eine Renovierung stand also bevor. Alles musste genau besprochen und geplant werden. Wahrscheinlich kamen nächste Woche dann die Handwerker. Bodenleger, Tapezierer, Maler und Sanitärleute.

Eine Frau würde also einziehen. Mit oder ohne Mann. Das war noch die Frage. Ich würde es dann schon noch sehen.

Ich stand da und schaute hinüber. Ich wollte jetzt alles genau sehen. Die neue Mieterin wollte ich mir ganz genau ansehen, aber ich sah nie richtig ihr Gesicht. Es war einfach noch zu dunkel dort, um alles genau zu erkennen.

Ich schaute und schaute, aber es gelang mir nicht, ihr Gesicht zu sehen. Sie schien allerdings sehr sportlich zu sein. Trotz ihrer hohen Absätze war sie sehr beweglich.

Alles schaute sie sich genau an. Alle Einbauschränke wurden geöffnet. Sie ging auch raus in die Loggia, den Küchenbalkon, und sie schaute über das Geländer in die Tiefe.

Einmal kniete sie sich nieder und prüfte den Boden. Sie fuhr mit der Hand über das Parkett. Die Maklerin stand neben ihr. Sie beugte sich auch etwas vor. Sie verhandelten jetzt beide. Dann stand sie wieder auf und die Besichtigung ging weiter.

Irgendwann hatte ich genug gesehen.

Ich ging ins Bad und rasierte mich. Als ich wieder zurückkam war alles aber wieder dunkel wie vorher.

Ich hatte sie verpasst. Ich hatte sie nicht gesehen, als sie das Haus verlassen hatte. Schade, gerne hätte ich noch einen Blick auf sie geworfen.

×

Heute hatte ich wieder einen Termin bei meiner Therapeutin.

Nach dem Klinikaufenthalt war festgelegt worden, dass zunächst einmal in der Woche, später dann alle zwei Wochen eine Sitzung am Wohnort stattfinden sollte. Und das war ja auch gut so. Es durfte keinen Rückfall mehr geben!

Meine Therapeutin hieß Sabine. Sie war etwa 40 Jahre alt, hatte brünettes Haar und einen Sohn, der demnächst Abitur machen sollte. Sie sprach wenig, forderte mich aber ständig auf, meine Lebenssituation zu schildern und wollte meine sozialen Kontakte weiter verbessern. Ich empfand sie als streng. Sie hatte eiserne Prinzipien. Aber vielleicht war das ja in meiner Situation jetzt gerade wichtig?

Ich berichtete von unserem Essen beim Italiener. Sie wollte ständig Informationen über Bens Begleiterin. Ich hielt mich zurück. Sie sollte nicht merken, wie scharf ich eigentlich auf sie war. Ich getraute mich auch nicht, ihr das zu sagen. Warum eigentlich nicht? Das wäre doch auch wichtig gewesen. Es hätte doch gezeigt, dass es mir inzwischen wieder deutlich besser ginge.

„Alkohol?"

„Ja, beim Italiener schon, aber sonst nicht!"

Ich hatte das Gefühl, als würde sie mir das nicht glauben.

„Arbeitspensum?"

„Nichts!"

Ich hatte ja im Moment auch wirklich nichts zu tun. Alles war geregelt. Die Patente waren verkauft. Die Arbeitsgruppe traf sich nur noch in der Freizeit. Eine Wiedereingliederung ins Berufsleben war noch nicht geplant. Die Tage plätscherten also dahin. Ich hatte wirklich gerade nichts zu tun.

„Wie geht es weiter?"

„Ich weiß es nicht! Vielleicht können Sie mir das ja sagen?" Dann war das Gespräch zu Ende.

×

Tatsächlich rückten ein paar Tage später mehrere Handwerker an und brachten die Wohnung auf Hochglanz. Sie rissen die noch vorhandenen Teppichböden heraus und legten dafür neues Parkett in die Wohnung. Teile der Küche wurden ebenso erneuert und das Bad wurde neu gefliest. Es schimmerte jetzt blau. Das sah alles sehr gut aus. So chic war die Wohnung noch nie, seit ich vor ein paar Jahren auf der anderen Seite eingezogen war. So viel Geschmack! Wer war diese neue Mieterin? Ich wurde immer neugieriger auf sie. Das war alles sehr interessant!

Das Haus war eigentlich ein alter Klotz aus der Nachkriegszeit. Aber sie hatten ihn immer wieder modernisiert. Die Fenster wurden vergrößert und reichten jetzt sogar bis auf den Fußboden herab. Ein gläserner Aufzug war seitlich angebaut worden und im Hof hatten sie Abstellplätze für Autos eingerichtet. Das Haus wurde immer moderner. Außen gab es vor einem Jahr einen neuen Anstrich. Ich bewunderte die Verwandlung. Das alte Haus war im Laufe der Zeit immer interessanter und schöner geworden.

Immer wieder erschienen jetzt neue Handwerker. Sie arbeiteten oft bis tief in die Nacht hinein. Also musste es jetzt ganz schnell gehen. Die neue Mieterin wollte bald einziehen. Sie hatte es eilig. Immer wieder ging ich zum Fenster, um hinüber zu schauen. Ich wollte alles genau wissen. In meinem ruhigen Leben war es jetzt die einzige Aufregung.

Mir fielen wieder die Worte eines Therapeuten aus der Klinik ein, anlässlich einer Fortbildung für gefährdete Ärzte:

„Arbeitsüberforderung ist ein subjektiv erlebter psychischer Zustand, der durch ein das bisherige Leistungsprofil quantitativ und qualitativ übersteigendes aktuelles Tätigkeitsprofil bedingt sein kann. Es können vorübergehende Beschwerden auftreten, wie Erschöpfungsgefühl oder auch Depersonalisation, die sich dann oft in Zynismus äußern, und eine auffällige Leistungsminderung zur Folge haben."

Ja, so war es!

„Diese Beschwerden klingen in der Regel zumindest anfänglich in arbeitsfreien Phasen wie z.B. an den Wochenenden wieder ab. Erst bei leistungsandauernden Beschwerden und Einschränkungen von mehreren Wochen bis Monaten, die durch Regeneration, wie z. B. durch Urlaubszeiten nicht mehr rückläufig sind, sollte dann der Begriff „Burnout" verwendet werden. Dabei ist die Schwelle zur manifesten Erkrankung oft noch nicht überschritten, was dann durch die Konsultation eines Arztes abgeklärt werden sollte. Auch wenn noch keine Krankheit vorliegt, sollte der Arzt diesen Risikozustand erkennen und ihn dann als Z73 nach ICD-10 kodieren."

Der Kollege machte damals eine Pause. Ich erinnerte mich noch genau daran. Er schien sich damals zu besinnen.

„Dieses Kapitel Z des ICD-10 nennt Faktoren, welche den Gesundheitszustand beeinflussen und zur Inanspruchnahme des Gesundheitssystems führen, ohne dass bisher eine Krankheit vorlag. Burnout, respektive Z73, wird jedoch als Risikozustand verstanden. Im Besonderen stellt es ein Risiko für somatische und psychische Folgeerkrankungen wie hohen Blutdruck, Tinnitus oder Depressionen, Angsterkrankungen oder Medikamentenabhängigkeit dar. Die diagnostische Klärung dieser typischen Folgestörungen ist in jedem Fall unerlässlich. Falls eine Erkrankung infolge eines Burnouts eingetreten ist, sollte sie selbstverständlich ebenfalls kodiert werden und durch die Zusatzkodierung Z73 der Zusammenhang mit einer Arbeitsbelastung dokumentiert werden."

Das war alles ziemlich kompliziert. Aber so war ja inzwischen auch unser Gesundheitssystem geworden. Die Bürokratie war überbordend. Zuerst gut dokumentiert! Die Behandlung des Patienten kam dann später. Irgendwie! Eben später!

Keine Frage, das war der Grund, warum so viele junge Ärzte in Scharen davonliefen und in andere Länder wechselten, wo sie gerne aufgenommen wurden.

Ja, ja, genau, das hatte ich damals gelernt, aber bei mir war es bereits zu spät gewesen. Ich hatte bereits damals schon ein Burnout!

Ein anderer Kollege meinte:

„Mit dem oft als weniger stigmatisierend empfundenen Label „Burnout" besteht die Gefahr, dass eine Depression, die unter anderem auch Burnout ähnliche Beschwerden umfasst, verharmlost wird und die notwendigen Behandlungsmaßnahmen nicht eingeleitet werden. Damit steigt u.a. das Risiko einer Chronifizierung."

Ach ja, aber hatte ich denn wirklich eine Depression?

Aber diese Frage spielte ja eigentlich überhaupt gar keine Rolle. Die Behandlung war ja nur rein symptomatisch. Sie behandelten ja nicht die eigentliche Ursache. Die Medikation verschlechterte ja sogar den Stoffwechsel, so dass der Patient nur schwer von den Medikamenten wieder loskam. Ein Absetzversuch scheiterte ja meist. Der Patient musste deshalb meist seine Medikation lebenslang einnehmen.

Nein, überhaupt nicht! Eine Depression hatte ich nicht. Das kannte ich überhaupt nicht. Das konnte ich ganz klar von mir weisen. Ich hatte keine Depression! Wir hatten ja doch so viel Erfolg gehabt. Die Stimmung war ja auch immer gut gewesen. Antidepressiva nahm ich deshalb auch nie ein.

Das hatte ich vor ein paar Tagen gelesen:

„Die öffentliche Burnout-Diskussion hat nun verstärkt auch die Politik und die sogenannten „Sozialpartner" auf die Brisanz des Themas von psychischen Erkrankungen in der Arbeitswelt aufmerksam gemacht. So wurde neuerdings der Schutz der Gesundheit bei arbeitsbedingten psychischen Belastungen als eines von drei zentralen Zielen der „Gemeinsamen Deutschen Arbeitsschutzstrategie" formuliert."

Die Relevanz ergab sich aus den Entwicklungen der Daten zur Arbeitsunfähigkeit. Es gab neue Empfehlungen dazu.

Der Anteil der psychischen Erkrankungen an den Arbeitsunfähigkeitstagen lag im Jahr 2010 bei 9,3 % gegenüber 6,2 % im Jahr 2000 und das bei insgesamt sinkenden bzw. konstant bleibenden Häufigkeit von Krankmeldungen.

Noch stärker war diese Entwicklung der Statistik der deutschen Rentenversicherung im Bereich der Renten-Neuzugänge wegen verminderter Erwerbsfähigkeit.

Waren Anfang der 90er Jahre noch die Gruppe der Krankheiten des Muskel- und Skelettapparates führend, sanken diese Berentungszahlen über die vergangenen zwanzig Jahre kontinuierlich ab, während die Frühberentungen aufgrund psychischer Erkrankungen stark zunahmen und inzwischen für knapp 40 Prozent aller Fälle von Frühberentung verantwortlich waren.

Es fand also jetzt eine Verlagerung von somatischen auf psychische Erkrankungen statt. Das war mir bewusst.

So, so! All das wurde damals mit mir auch besprochen.

Aber, was hatte das nun mit mir zu tun? Das interessierte mich ja eigentlich überhaupt nicht. Bei mir war ja alles ganz anders gewesen. Ich passte ja überhaupt nicht in die allgemeinen Schubladen!

Was sollte ich machen? Was konnte ich für mich an Informationen mitnehmen? Was für einen Gewinn hatte ich dadurch?

Ich dachte nach.

Ich musste vorsichtig sein. Denn in der Zwischenzeit hatte die Zunahme psychiatrischer Diagnosen inflationäre Dimensionen angenommen.

„Jeder, der Probleme bei der Bewältigung seiner Lebenssituation hat und deswegen einen Psychiater aufsucht, erhält dort dann auch eine psychiatrische Diagnose. Man muß es sich deshalb heutzutage gut überlegen, ob man überhaupt noch einen Psychiater aufsuchen kann."

Das sagte mein Nachbar. Er hatte wohl schlechte Erfahrungen gemacht.

×

Ich war noch am Leben! Es ging mir wieder gut! Das Leben ging also weiter! Ich konnte aufatmen.

Heute wollte ich noch ins Kino gehen. Ich brauchte jetzt dringend eine Ablenkung.

Nein, ich entschied mich anders!

Ich wollte doch lieber stattdessen wieder einmal in meinen Jazzclub gehen. Dort war ich ja schon so lange nicht mehr gewesen. Ich hatte es mir plötzlich dann doch anders überlegt.

Contemporary Piano Jazz. Klavier, Bass und Schlagzeug. Ein modernes Klaviertrio also. Das Klavier dominierte und gab den Rhythmus vor. Das Schlagzeug kam hinzu und wurde vom Bass unterstützt. Im Wechsel bekam jeder ein Solo. Am Schluss trafen sich alle wieder. Das Publikum war begeistert. Die Band gab noch mehrere Zugaben. Ein toller Abend. Großartiger Jazz.

Ich ging beschwingt und begeistert wieder nach Hause. Es hatte sich heute wirklich gelohnt, in den Club zu gehen. Mein Kopf hatte alle Rhythmen gespeichert. Immer wieder summte ich die Melodie nach. Immer noch beschwingt ging ich der Straße entlang. Ich träumte vor mich hin. Dieser Jazzclub war großartig. Schade, dass ich in der letzten Zeit so selten dort war. Das musste sich wieder ändern! Es war einfach eine Bereicherung für unsere Stadt. Sie spielten professionell. Keiner machte es besser. Ich wollte es eigentlich nicht mehr missen. Schon bald wollte ich wieder in den Club gehen und mir wieder dort etwas Tolles anhören.

×

Es war wieder alles dunkel im Haus gegenüber als ich zurückkam. Keine Handwerker waren mehr da. Ich stand wieder am Fenster und schaute hinüber. Nichts bewegte sich dort, alles war ruhig. Die Rollladen waren nur teilweise unten. Oder träumte ich etwa?

Ich dachte nach.

Was kam als nächstes? Wer würde dort wohl einziehen? Eine Frau? Ein Mann? Ein Paar?

Jetzt sah ich es aber! Oder träumte ich doch etwa schon?

In der Wohnung brannte tatsächlich irgendwo noch ein schwaches Licht. Jemand hatte wahrscheinlich einen Schalter vergessen. Ich sah es jetzt mitten in der dunklen Nacht recht gut.

Nachdem sich meine Augen noch besser an das schwache Licht gewöhnt hatten, sah ich jetzt auch mehrere Taschen auf dem Flur stehen und auch in der Küche stand etwas Neues, vielleicht waren es ein paar Kartons.

Bald würde also doch jemand dort einziehen. Das hatte ich begriffen. Eine Frau etwa?

Ich wünschte mir moderne Möbel. Etwas, was gut in diese schöne Wohnung passte. Kein Sammelsurium an Möbeln. Etwas mit Stil. Das hatte ich mir in den letzten Tagen gewünscht.

Jemand mit ästhetischem Geschmack sollte dort einziehen. Niemand, der diese schöne Wohnung mit seinen Möbeln „versaute".

Ich stand noch immer am Fenster.

Die Nacht zog auf. Das Licht wurde irgendwie dann doch wieder schwächer. Wer würde also einziehen? Ein junges Liebespaar? Ein lesbisches Paar? Ach, egal, ich würde sie dann von hier aus genau beobachten. Ich würde schauen und am Fenster stehen. Ich war voll neugierig. Das Leben spielte sich eigentlich gerade total außerhalb von mir ab.

Ich dachte kurz an Jennifer beim Italiener. War sie noch bei Ben? Vielleicht war sie ja schon wieder weg. Gar nicht mehr bei Ben. Vielleicht sollte ich mich bei ihr melden? Wir würden gut zueinander passen, oder? Sie war geistreich und charmant zugleich.

Ich setzte mich in meinen Sessel und nahm ein Buch zur Hand, aber ich konnte mich heute ganz schlecht konzentrieren. Zu viel war gerade in meinem Kopf.

Musik?

Ich legte eine CD ein. Die Musik rührte mich. Aber, was nun? Ich saß da und wartete. Worauf? Wo, war die Frau? Gab es sie überhaupt noch? War ich bereit für sie? Die Zeit verstrich. Es passierte nichts.

Ich stand wieder am Fenster. Unten auf der Straße brannten die Lichter. Es war schon spät. Niemand war mehr zu Fuß unterwegs. Nur noch alle paar Minuten fuhr ein Auto am Haus vorbei. Die Stille nahm weiter zu.

Am nächsten Morgen setzte ich mich nach dem Aufwachen sofort an meinen Computer und startete Word.

Ich schrieb:

„Eine neue Zeit beginnt"

Jetzt wollte ich meine Pläne beschreiben. „Ja, alles was wichtig war". Und „Nein, was unwichtig war." Das wollte ich jetzt alles auflisten. So wurde es mir nämlich in der Reha empfohlen. Das wollte ich jetzt auch umsetzen. Darauf war ich nun sehr gespannt.

So sollte es beginnen!

Nachdem ich eine Zeitlang vor der „Ja"-Seite gesessen hatte und mir dann nichts dazu einfiel, ging ich weiter zu „Nein".

Was sollte sich ändern?

Ich wollte bestimmte Dinge nicht mehr sagen, also meinen Zynismus zügeln. Er wurde ja eh nicht verstanden und das führte dann nur häufig zu Missverständnissen. Deshalb konnte ich den Zynismus sowieso ganz vergessen. Auch die Arroganz war vollständig unnötig. Auch sie konnte ich wirklich vollständig weglassen. Arroganz war ja ein Zeichen von Schwäche.

Ich sollte mehr lesen. Das würde mich inspirieren. Das Bücherregal war sowieso brechend voll. Aber ich hatte ja bisher keine Zeit dazu gehabt. Auch Schreiben könnte Spaß machen, aber bitte jetzt keine weiteren Listen mehr. Das nervte mich nur!

Ich stand auf und trat wieder ans Fenster. Der Computerfreak war nicht da. Vielleicht besuchte er gerade seine Freundin. Darunter war noch immer niemand eingezogen. Alles war immer noch dunkel. Kein Licht war jetzt zu sehen. Nichts war in der Zwischenzeit passiert!

Die Italiener saßen wieder am großen Tisch. Sie hatten wie üblich viel gekocht und alle warteten nun auf die Nudeln. Sie redeten wieder mit vielen Handbewegungen wild durcheinander. Alles verlief dort wieder sehr emotional. Sie aßen gerade Brot. Die

Spaghetti waren wohl noch nicht fertig. Dazu tranken sie Rotwein, der im Licht funkelte. Chianti oder Lambrusco? Das konnte ich nun beim besten Willen nicht erkennen. Das Weinetikett war einfach zu weit weg.

Darunter die beiden Männer. Schwul? Ja! Aber eigentlich immer gut gelaunt und sehr höflich. Immer sehr freundlich. Einer von den beiden stand viel in der Küche. Das Essen musste dort wirklich auch gut sein. Sie aßen langsam und schauten sich immer wieder an. Sie beobachteten sich. Dazu tranken sie ein Glas Rotwein.

Weiter unten lebte die behinderte und pflegebedürftige alte Frau. Der Ehemann versorgte sie rührend. Alle zwei bis drei Stunden ging er dann auf den Balkon und rauchte eine Zigarette. Gleichzeitig kümmerte er sich um seine Balkonpflanzen. Es gab nur rote Blüten. Manche hatten allerdings auch etwas weiß mit dabei. Es waren Geranien, das konnte ich erkennen.

Die Pflege seiner Frau war jetzt zu seiner Hauptbeschäftigung geworden. Aber das tat er mit großer Umsicht und Fürsorge.

Und unten noch der Student. Er saß auch heute wieder am Laptop und arbeitete. Hatte er auch irgendwann Besuch? Eigentlich nie. Er ging immer sehr spät zu Bett und arbeitete meist die halbe Nacht hindurch.

Die Italiener hatten inzwischen den zweiten Gang aufgetragen. Es gab gegrilltes Fleisch und Gemüse. Spinat oder Mangold? Sie redeten immer noch sehr lebhaft. Wein wurde nachgeschenkt. Das Essen war bestimmt auch heute wieder sehr gut. Ich konnte es förmlich riechen. Heute waren die Eltern von ihr zu Besuch. Bald würde der Nachtisch kommen. Sicherlich hatten sie wieder für alle eine Eistorte gekauft.

Langsam bekam auch ich Hunger. Die Italiener waren mir so vertraut. Ich liebte es einfach, ihnen beim Essen zuzusehen. Aber das Essen bei ihnen war sicherlich viel besser als meines.

×

Jetzt wusste ich plötzlich, was ich schreiben würde. Ich sollte jetzt endlich einmal über mich selbst schreiben. Das hatte man mir eigentlich auch schon in der Klinik immer wieder vorgeschlagen. Dabei könnte ich mir vieles besser verständlich machen, hatten sie gesagt. Meine Person und meine Ziele beschreiben, das wäre wichtig. Ich öffnete also wieder Word und begann damit.

„Ich heiße Paul! Paul Busch! Ich bin der einzige Sohn von Maria und Manfred Busch."

Und jetzt? Wie weiter?

„Meine größte Leistung war, dass ich mit zwei Freunden zusammen den Vitamin D-Rezeptor entdeckt hatte und dass nun bestimmte Störungen bei betroffenen Menschen besser behandelt werden konnten."

Jetzt kam ich allerdings schon wieder ins Stocken. Wollte das überhaupt jemand wissen? War das wichtig? Und jetzt auch noch die Sache mit dem Burnout? Sollte ich das wirklich alles so aufschreiben? Oder sollte ich es doch besser weglassen?

Ich hörte wieder auf mit meinen Aufzeichnungen. Ich wollte plötzlich nicht mehr weiterschreiben. Ich saß nur noch da und schaute in die Ferne. Ich träumte so vor mich hin. Dann fielen mir wieder die Seminare in der Klinik ein, die ich besucht hatte:

„Neben genetischer Disposition, frühkindlicher Prägung und Persönlichkeitsmerkmalen haben vor allem Sozialisations- und Lebensbedingungen, d.h. psychosoziale Belastungen, Einfluss auf die Entstehung psychischer Störungen. Einflussreiche Modelle der Arbeitswissenschaft versuchen den Zusammenhang zwischen Arbeitsplatzbedingungen und psychischer Gesundheit zu beschreiben."

Ja, so wurde es mir gesagt! Aber, konnte das überhaupt weiterhelfen? Wem nützte eigentlich diese Aussage?

„Bei psychischen oder somatischen Erkrankungen im zeitlichem Zusammenhang mit einer Arbeitsüberlastung oder Burnout besteht zunächst die Notwendigkeit einer störungsspezifischen Therapie. Anderenfalls wird dem Patienten ein therapeutischer Nutzen vorenthalten. Ein Großteil der Depressionen in Deutschland wird auch weiterhin nicht behandelt."

Ja, das war wahrscheinlich so. Es gab sicherlich auch Menschen, die sich überhaupt nicht behandeln lassen wollten. Weil sie in Sorge waren, dass eine Behandlung zu neuen Problemen führte, die dann nur schwer oder überhaupt nicht zu lösen waren.

„Ärzte in Deutschland sind häufiger von bestimmten psychischen Erkrankungen und Beschwerden wie Burnout-Syndrom, Depression oder dysfunktionalem Substanzgebrauch betroffen als die Allgemein- oder die Arbeitsbevölkerung."

So, so! Das hätte ich so nicht gedacht. Die müssten es doch eigentlich besser wissen.

„Die typischen Stufen und Symptome eines Erkrankungsverlaufs sind die, dass auf eigene Bedürfnisse nicht mehr geachtet und Konflikten am Arbeitsplatz oder in der Familie aus dem Weg gegangen wird."

Und weiter:

„Innerlich herrschte das Gefühl vor, nie gut genug zu sein und immer noch mehr leisten zu müssen. Die Sicherheit, den eigenen Arbeits- und Lebensalltag zumindest teilweise gestalten zu können, weicht dem Gefühl, Getriebener der äußeren Umstände zu sein. Im Vordergrund stehen ausschließlich äußere Anforderungen des Arbeitsplatzes oder der Familie. Eigene Wünsche, Werte und Grenzen werden nicht mehr gesehen."

Das alles hatte ich ja auch so gelernt. Und auch verinnerlicht. Aber eine tiefe Verunsicherung hatte mich dann doch erfasst. Ich sollte nun alles verlernen, was ich in meinem bisherigen Leben irgendwann gelernt hatte. Ob ich das hinbekommen würde?

„Die eigene Überforderung wird häufig erst dann bewusst wahrgenommen, wenn zusätzlich andere Belastungsfaktoren, z.B. eine Krankheit oder Schicksalsschläge in der Familie hinzukommen."

Was war bei mir hinzugekommen? Was hatte das bisherige System zum Kippen gebracht? Ich wurde verlassen. Die Partnerschaft löste sich auf. Ich war plötzlich alleine übriggeblieben.

Aber, man konnte es niemandem verdenken, dass er geht. Ich war ja nie mehr zu Hause gewesen. Ich hatte mich ja auch um gar nichts mehr gekümmert. Ich war nicht mehr gesprächsbereit gewesen. Hatte gar kein Interesse mehr. Ich war tatsächlich nicht mehr anwesend gewesen.

„Im Wechselspiel von Beruf, Familie, Freizeit und der eigenen Persönlichkeit jeweils die Anforderungen für sich und andere immer wieder neu zu balancieren, ist sicherlich ein lebenslanger Prozess. Jederzeit kann es passieren, dass plötzlich nichts mehr funktioniert. Dass ein Absturz stattgefunden hat."

Genauso hatte man es mir gesagt.

Ja, das stimmte. Das hatte ich auch selbst erkannt. Das war mir nun sehr bewusst. Das hatte ich damals ganz übersehen und auch nicht mehr richtig wahrgenommen.

Ich stand auf und ging wieder zurück ans Fenster. Die Italiener hatten ihr Abendessen nun beendet und waren jetzt alle in der Küche, um aufzuräumen und das Geschirr zu spülen. Auf dem Tisch standen nur noch ein paar Gläser und die leere Weinflasche.

Der Student arbeitete brav.

Die beiden Männer standen auf dem Balkon und rauchten eine Zigarette nach dem Essen. Sie sprachen wenig und schauten auf die Straße hinab. Ich ging einen halben Schritt zurück, denn ich wollte nicht von ihnen gesehen werden. Das wäre mir unangenehm gewesen. Ich war kein Spanner! Ich wollte nur alles um mich herum aufnehmen. Ich war neugierig, ja sicher. Aber ein Spanner, das war ich sicher nicht.

×

In der Nacht träumte ich. Ich wäre wieder in die Klinik eingeliefert worden. Ich bräuchte wieder Hilfe und Beratung. Ich hatte wieder einmal den roten Faden verloren. Ich war wieder abgestürzt. Plötzlich war ich wach. Es war schon früh am Morgen und das erste Licht kam durchs Fenster herein. Ich würde jetzt aufstehen. Es war Zeit für mich.

Dann schaute ich wieder hinüber. Heute Morgen war wenig zu sehen. Der alte Mann stand bereits draußen auf seinem Balkon und rauchte seine erste Zigarette. Er hatte wahrscheinlich bereits seine Frau versorgt und machte jetzt eine kleine Pause.

Wieder ordnete er seine Blumen. Er schnitt verwelkte Blüten ab und sammelte sie dann in einer Tüte.

Der Student saß auch schon wieder vor seinem Computer und arbeitete. Sonst war niemand zu sehen.

Doch dann ging plötzlich in der leeren Wohnung die Türe auf und ein Handwerker kam herein. Er hatte Kabelrollen dabei und ein Laptop. Jetzt würde es sicherlich bald ernst werden. Er verlegte bestimmt Kabel für ein Netzwerk und schloss dann den Rechner ans Internet an. Jetzt konnte es sicherlich nicht mehr lange dauern, bis jemand endlich gegenüber einzog.

Meine Aufregung nahm jetzt doch merklich zu!

Die neuen Mieter hatten es also wichtig mit der Verkabelung. Vielleicht wollten sie kein WLAN in ihrer Wohnung haben. Der Handwerker brauchte über zwei Stunden, bis er fertig war. Ich ging in der Zwischenzeit in die Küche und aß mein Müsli aus dem Bioladen. Dann unter die Dusche und dann stand ich auch schon wieder am Fenster. Der Techniker war aber bereits wieder gegangen. Alles war auch schon wieder dunkel. Aber bald würde jemand einziehen, da war ich mir jetzt ganz sicher.

Ich ging nun doch noch ins Kino. Ein Science-Fiction-Film interessierte mich. Das Thema war:

Alle Menschen hatten nur noch einen Account. Alles wurde überwacht.

Dann kam die Hauptdarstellerin auf die Idee mit einer Kamera ständig online zu sein.

Lediglich auf der Toilette schaltete sie sich für drei Minuten ab.

Auch ihre Familie wurde komplett online geschaltet.

Eine peinliche Szene mit ihren Eltern führte zu einem Eklat. Die ganze Welt sah sie nackt zusammen. Plötzlich erkannte sie die Auswirkungen dieses Zugriffs. Es gab nämlich jetzt überhaupt keine Privatsphäre mehr. Diese sollte nun völlig verschwinden. Sie wurde nicht mehr benötigt.

„Geheimnisse sind Lügen", hatte sie davor noch öffentlich gesagt.

Mit winzig kleinen Kameras wurde die ganze Welt überwacht.

Ein Computerprogramm war jetzt auch in der Lage, jeden Menschen, zunächst allerdings nur Kriminelle, später aber auch beliebige Menschen auf der ganzen Welt zu finden.

Sie ließ es zu, dass ihr Jugendfreund gesucht wurde. Er hatte den Fehler gemacht aus Tiergeweihen große Deckenlampen zu bauen.

Plötzlich wurde er zum Tierschänder erklärt, aufgespürt und verfolgt. Bei dieser Verfolgungsfahrt kam er ums Leben, als er mit seinem Geländewagen von einer Brücke herabstürzte. Man hatte ihn aus seinem Haus vertrieben und ihn dann über die Straßen gejagt, bis er nicht mehr konnte.

Gerade noch rechtzeitig unter diesem Schock erkannte sie dann doch die Gefahr, in der die ganze Welt dadurch geraten war.

Sie wollte nun doch alles wieder rückgängig machen, aber das war gar nicht so einfach. Es gab eigentlich kein Zurück mehr. Die Chefs weigerten sich. Sie erkannte aber plötzlich, dass sie in einem Spiel nur benutzt worden war und dann wollte sie sich rächen.

Mit einem Trick, nämlich dass auch die Vorgesetzten alles offenlegen mussten, gelang es ihr dann doch noch, diese Entwicklung zu unterbrechen.

Damit hatten ihre Chefs nämlich wirklich nicht gerechnet. Jetzt hatte plötzlich jeder auch Zugriff auf geheime Protokolle und Emails der Firmenspitze.

Eine Katastrophe für diese Leute, denn jetzt wusste jeder Bescheid über ihre wirklichen Absichten. Sie machten sich auch noch über die Ahnungslosigkeit ihrer Mitarbeiter lustig. Sie verachteten eigentlich alle und bespotteten sie noch dazu.

Als alles bekannt war, flohen die Direktoren.

Sicherlich war es mit dem von ihnen selbst in Auftrag gegebenen Computerprogramm sehr einfach, sie alle wieder aufzuspüren und sie dann auch schließlich zu bestrafen.

Allen Zuschauern fiel ein Stein vom Herzen, als der Film zu Ende war. Im letzten Moment konnte ja alles doch wieder rückgängig gemacht werden.

Als ich wieder zuhause war, war das ganze Haus gegenüber dunkel. So etwas kam höchst selten vor. Also ging ich auch bald schlafen und schaltete das Licht auch bei mir aus.

×

Was kam als nächstes?

Ich träumte wieder. Der Vitamin D-Rezeptor! Er gehörte zur Familie der Steroidrezeptoren oder Kortisol-Rezeptoren. Dabei „dockte" dort das aktivierte Vitamin D an. Dieser Rezeptor befand sich in jeder Zelle. Bakterien konnten den Vitamin D-Rezeptor blockieren: Borrelien, das Epstein-Barr-Virus, Tuberkulose, Lepra und auch Helicobacter pylori. Immer war dann aber das aktivierte Vitamin D erhöht messbar. Das galt es zu bedenken. Und da hatte Ben die geniale Idee. Er hatte den Aktivator gefunden und wir alle waren happy. Das zahlte sich aus. Die Vermarktung war ein voller Erfolg. Wir hatten alles erreicht. Die Pharmaindustrie lag uns zu Füßen.

Ich hatte das Glück, normalerweise ganz schnell einzuschlafen. Ich legte mich hin, drückte das Kissen an mich heran und schlief dann sofort ein. Auch heute war es so gewesen. Egal, was so in meinem Kopf sonst alles noch herumschwirrte.

Ich war jetzt Mitte Vierzig und ohne Partnerin. Sie war gegangen und niemand konnte es ihr verdenken. Wir hatten uns einfach zu wenig gesehen. Es gab nichts mehr zu besprechen, es war alles gesagt. Es gab nichts Neues mehr. Die Spannung war erloschen. Sie ging einfach weg und meldete sich dann nie mehr wieder.

Ein paar Stunden in der Woche waren einfach zu wenig gewesen. Ich war in meinem Labor und sie in Ihrem Büro. Die Kommunikation stimmte nicht mehr. Nur selten hatten wir einen Tag frei und sahen uns dann. Aber die Verbindung war bereits unterbrochen. Es fand keine Kommunikation mehr statt. Ich war so sehr in meine Arbeit verstrickt, so dass mich das Leben nur hin und wieder noch streifte. Ich verstehe das heute nicht mehr. Warum hatte ich das alles nicht rechtzeitig erkannt? Ich hätte es dann wieder in Ordnung bringen können. Aber, ich hatte es damals einfach nicht getan!

Warum hatte ich das alles überhaupt zugelassen?

War ich damals fertig mit den Frauen? War ich zermürbt? Passen Männer und Frauen überhaupt noch zusammen? Ging das überhaupt? Diese Fragen stellte ich mir damals. Ich war verbissen in meine Arbeit. Ich wollte zu einem Ergebnis kommen. Und es gelang ja auch noch! Wir setzten uns durch. Wir kamen zum

Erfolg. Ja, so war es. Und ich war stolz damals. Aber um welchen Preis?

Es war ein hoher Preis, den ich dafür bezahlen musste. Das wollte ich so nicht mehr erleben. Da war ich mir jetzt ganz sicher.

Ich wachte auf. Sollte ich jetzt aufstehen? Ich entschloss mich aber, zunächst doch noch etwas liegen zu bleiben. Dann stand ich aber nach einiger Zeit doch abrupt auf. Ich war neugierig. Ich wollte wieder aus dem Fenster schauen. Ich stand also auf, schaltete die Espressomaschine ein und trat dann ans Fenster. Ich sah hinüber.

Etwas war anders! Ein Licht brannte in der Wohnung unter dem Computerfreak und über den Italienern. Aber es war allerdings sonst noch niemand zu sehen. Nichts bewegte sich dort drüben. Nur eine Lampe brannte in der Küche. Wahrscheinlich hatte jemand wieder vergessen, sie auszuschalten. Es war allerdings dort gerade niemand zu sehen. Gerne hätte ich jetzt gewusst, wer inzwischen eingezogen war.

Es war aber tatsächlich noch niemand eingezogen. Es brannte eben nur das schwache Licht in der Küche. Wer würde dort einziehen? Eine Frau, ein Mann oder eine Familie? Ich wandte mich dann doch enttäuscht ab und frühstückte erst einmal.

Das Telefon klingelte.

Es war Davide.

Er berichtete über die Verhandlungen mit dem Pharmakonzern. Die Verträge waren nun unterschriftsreif. In wenigen Tagen konnte alles erledigt sein Wir drei mussten dazu bei unserem Rechtsanwalt erscheinen. Alles Weitere würde er dann regeln.

Davide hatte bereits mit Ben ausgemacht, dass wir uns morgen nochmals treffen sollten, um uns abschließend zu beraten. Er hatte einen Tisch im „Cubo", einem Restaurant auf dem Dach des kubus-ähnlichen Kunst-Museums reserviert.

Ich sagte zu. Ich wollte jetzt alles hinter mich bringen. Ich brauchte jetzt den Neuanfang.

Dazu war ich nun bereit.

×

Ich trat wieder ans Fenster. Es war nichts Neues zu sehen. Niemand war in der Wohnung sichtbar. Es war doch noch niemand eingezogen. Das konnte ich sofort erkennen. Sie hatten tatsächlich vergessen, das Licht in der Küche auszuschalten.

Um die Mittagszeit würden wir uns also im „Cubo" wieder treffen, bevor dann nach der Unterschrift der Vertrag mit dem Pharmakonzern Novachemos in Kraft treten würde.

Irgendwie fühlte ich mich einsam. Die ganze Last war von mir zwar jetzt abgefallen. Es gab nun wirklich überhaupt keinen Stress mehr. Aber jetzt war eigentlich sogar das Gegenteil eingetreten. Ich hatte nun überhaupt nichts mehr zu tun. Ich wurde gar nicht mehr gefordert. Man ließ mich total in Ruhe. Man wollte eigentlich gar nichts mehr von mir. Dies war jetzt auch wieder eine weitere Form von Stress.

War ich jetzt ganz und gar überflüssig? Spielte ich überhaupt noch eine Rolle? Lief alles jetzt an mir vorbei? Ich befürchtete es. Ich musste mich jetzt wirklich neu ausrichten. Ich musste nun etwas Neues beginnen. Aber was? Das war mir nicht klar. Darüber musste ich erst noch nachdenken.

Ich brauchte jetzt doch auch wieder eine Aufgabe. So konnte es nicht weitergehen. Wir lebten schließlich in einer Leistungsgesellschaft. Jeder musste für sich sorgen. Wenn er das nicht schaffte, war er auf Grundsicherung angewiesen. Aber was war das für eine Bürokratie. Alles musste offengelegt werden. Auch Zuwendungen von Freunden mussten angegeben werden. Ständig wurde man mit Anfragen behelligt. Die Leute kamen zu nichts anderem mehr. Nein das wollte ich auf gar keinen Fall mitmachen. Aber so weit war es ja glücklicherweise noch nicht. Wir hatten ja auch ein gutes finanzielles Polster. Und ich würde doch irgendwann ja auch neue Pläne haben.

×

Das „Cubo" war ein würfelförmiger Koloss mitten in der Stadt. Eine Straße führt sogar noch darunter hindurch. Wer hatte sich das eigentlich alles ausgedacht?

Im Eingangsbereich war eine Bar, das O.N. Der Name bedeutet „Ohne Namen". So nennen Künstler ihre Kunstwerke, wenn ihnen keine Titel dazu einfallen. Die Bar war riesig. Die Flaschen an der Wand wurden beleuchtet und die Farbe wechselte täglich. Heute waren sie rot.

In den oberen Stockwerken wurden die Kunstwerke ausgestellt und ganz oben unter einem Glasdach mit fantastischem Blick in die Ferne war das Restaurant. Ich ging an der Bar vorbei und sah Luisa. Sie war die Chefin hier. Eine blonde große Frau mit zarter Statur. Sie winkte mir zu. Früher war ich immer wieder dort gewesen. In der letzten Zeit aber gar nicht mehr. Ich war ja auch nicht mehr richtig gesund gewesen.

„Ich bin im Restaurant verabredet und komme später zu dir." Das rief ich ihr zu und ging dann aber weiter.

Ich hatte sie nicht in den Arm genommen. Das hatte ich früher immer so gemacht. Warum eigentlich heute nicht? War ich unsicher? Es kam mir so vor. Sie war groß, aber irgendwie schien sie mir doch auch zerbrechlich zu sein. Ich durfte sie nicht zu sehr an mich pressen. Jetzt musste ich doch grinsen. Das waren alles nur Ausreden. Es lag an mir. Ich war tatsächlich unsicher ihr gegenüber.

„Bis dann!" rief sie fröhlich und schüttete Eis mit lautem Getöse in einen Behälter hinein.

Mit dem Aufzug ging es ganz nach oben. Eine Drehtür beförderte mich dann ins Innere des Restaurants. Der Raum war lichtdurchflutet, denn die Decke war ja ganz aus Glas. Der Service begleitete mich zur vordersten Tischreihe, dort, wo der Ausblick am großartigsten war. Dort saßen auch schon Ben und Davide, Jennifer war nicht dabei. Das war ja auch richtig so. Wir hatten ja heute Geschäftliches zu besprechen. Jennifer würde ich bestimmt ein andermal wiedersehen.

Die beiden waren guter Laune. Es hatte alles gepasst. Der Deal mit Novachemos war gelungen, sie wollten uns das ganze Geld in drei Stufen überweisen und wir waren nun frei, etwas Neues zu machen.

Die beiden waren voller Tatendrang. Ich hielt mich aber doch noch zurück.

„Die haben jetzt das Projekt mit dem Vitamin D-Rezeptor, jetzt geht es mit uns weiter mit Vitamin K2 und den anderen Dingen."

„Das Bor würde mich sehr interessieren. Dort sollten wir weitermachen", meinte Ben und schob sich ein Salatblatt in den Mund.

Die Hormonaktivierung über Bor, ja, das wäre ein guter Ansatz", nickte Davide.

„Hier, das ist Bor!" grinste ich und hielt eine Gurkenscheibe hoch. Beide schauten mich etwas ratlos an.

„Gurken haben den höchsten Boranteil aller Gemüse, lasst uns Gurken essen!"

Wir lachten alle und Ben schlug sich auf die Schenkel.

„Ja, ja, die Gurken sind für Männer und Frauen bestens geeignet."

Das war jetzt aber doch auch spöttisch gemeint. Oder hatte er andere Hintergedanken?

Davide schaute immer noch etwas ratlos in die Runde. Aber Ben fing schon wieder an zu lachen.

„Ja, das „Boran-3-Projekt" konnte etwas werden. Ihr werdet schon sehen."

Das Essen kam und alle waren sich einig, dass wir zusammenbleiben und das neue Projekt gemeinsam angehen sollten. Ich war noch immer etwas skeptisch, getraute mich aber nicht, dagegen Einspruch zu erheben. Ich durfte ja keinen Rückfall ins Burnout mehr bekommen. Das hielte ich sicherlich nicht mehr aus. Also musste ich mich bei diesem Projekt doch deutlich zurücknehmen.

Davide schien meine Gedanken zu erraten und sagte:

„Paul werden wir diesmal schonen. Er ist zwar unser medizinischer Kopf, aber wir werden ihn diesmal schonen müssen. Du brauchst deshalb immer wieder eine Auszeit. Das ist uns beiden klar. Du kannst dich aber auf uns wirklich verlassen. Wir möchten dich nicht verlieren. Durch dich war ja das letzte Projekt letztlich erst möglich geworden. Deine Untersuchungen in Brasilien und die ganzen klinischen Studien dort. Ohne dich wäre das nichts geworden. Das sagen auch die Leute von Novachemos. Deine Arbeiten habe sie letztendlich überzeugt. Also ohne dich können wir das neue Projekt nicht machen. Deshalb gehen wir in Zukunft auch vorsichtig mit dir um!"

Ich war erleichtert. Davide war ein Schatz. Ich wollte ja eigentlich auch gerne im Team bleiben. Ich musste einfach gelassener werden. Immer diese Verbissenheit. Wenn ich die doch ablegen könnte, dann würde alles auch gut werden.

„Danke, Davide!" sagte ich etwas versonnen. „Wenn das geht, dann bin ich auch dabei."

Beide nickten mir zu.

„Klar! sagte Ben. So machen wir das!"

„Das Vitamin K2 können wir sein lassen. Da ist ja bereits alles geklärt. Aber Bor wird gut. Wir starten nächste Woche!"

Wir gaben uns alle die Hand. Jeder strahlte den anderen an. So würden wir es machen. So waren wir auch vor ein paar Jahren mit dem Vitamin D gestartet.

Ich war bewegt. Und träumte vor mich hin. Ich hatte jetzt ein gutes Gefühl.

„Möchten Sie einen Nachtisch? Ich habe schon mal die Karte mitgebracht!"

Neben dem Tisch stand jetzt eine junge Person und lächelte uns freundlich an. Wir schauten sie an und gaben das Lächeln zurück. Alle schüttelten fast gleichzeitig den Kopf.

„Danke, nein, heute nicht. Aber wir nehmen gerne alle einen Espresso", sagte ich zu ihr.

„Gerne!" flötete sie und sammelte die Menükarten wieder ein.

Wir unterhielten uns noch angeregt und dann sah ich, dass wir jetzt doch die letzten Gäste im Restaurant waren. Ich stand auf, ging zum Tresen und bezahlte die Rechnung. In der Zwischenzeit waren die beiden anderen ebenfalls aufgestanden und schauten mich fragend an. Ich deutete an, dass bereits alles bezahlt war, und ich verabschiedete mich bei der freundlichen jungen Frau.

„Kommen sie bald wieder!" sagte sie und lächelte erneut. Dabei bewegte sie ihren Kopf etwas zur Seite. Ich gab ihr die Hand und versprach es. Wir gingen zum Ausgang und nahmen dann den Aufzug nach unten. Er sauste sehr schnell abwärts, fast wie im Empire State Building in New York. Unten sah ich wieder Luisa hinter dem Tresen stehen.

„Ich muss noch mit Luisa sprechen", sagte ich und verabschiedete mich von beiden.

Wir wollten uns in drei Tagen im Labor wieder treffen, um das neue Projekt zu beginnen. Wir umarmten uns. Das hatten wir immer so getan. Das zeigte auch unsere Verbundenheit. Das war unsere Stärke. Wir waren wirklich ein gutes Team. Es gab keine Rivalität. Jeder wusste und schätzte das. Das war das Besondere an uns. Alleine konnte keiner etwas bewirken. Erst wir drei zusammen hatten schließlich dann auch den Erfolg. Das war jedem klar.

Ich setzte mich an die Bar zu Luisa.

Sie hatte wenig zu tun und sie fragte mich, was ich trinken wollte. Oben im Restaurant hatte ich auf den Nachtisch verzichtet, aber jetzt hatte ich doch Lust auf einen White Russian. Das war ein Cocktail aus Wodka, Kaffeelikör und geschlagener Sahne. Dabei wird die Sahne erst am Schluss vorsichtig dazugegeben. Viele Bartender benutzten dazu einen Löffel, an dem die Sahne langsam nach unten glitt und so ein Vermischen verhindert wurde. Er ist der klassische geschichtete Cocktail. Luisa war gesprächig. Sie warf ihre Haare nach hinten.

„Ihr habt heute wichtige Entscheidungen getroffen, nicht wahr? Paul, du sagtest mir einmal, dass ihr oben im Cubo immer zusammenkommt, um Wichtiges zu besprechen."

Ich musste jetzt doch etwas lachen. Ich war amüsiert über ihre Feststellung. Das klang doch etwas drollig.

„Ja, das stimmt! Wir haben ja inzwischen unsere Erfindung an eine Pharmafirma verkauft und planen nun etwas Neues. Ich muss halt aufpassen, dass es mir nicht wieder so passiert wie beim letzten Mal, da war die Arbeit einfach zu viel für mich gewesen."

Sie nickte und lehnte sich etwas zurück. Diese Frau war ein Fels in der Brandung. Das sah ich jetzt. Wir lachten über das „Cubo".

Das O.N. könnte eigentlich besser besucht sein. Diese tolle Bar. Und Luisa dazu! Aber es war heute wirklich nicht viel los.

Einen zweiten Cocktail nahm ich nicht. Ich nahm stattdessen endlich Luisa in den Arm.

„Wann kommst du wieder? Du warst so lange nicht mehr da! Wann kommst du wieder?" Sie hatte die Frage nochmals wiederholt. Es war ihr also wichtig.

„Luisa, bald! Ich komme bestimmt bald wieder!" Sie lachte mich an und küsste mich plötzlich. Luisa im Arm! Ich löste mich langsam von ihr.

Hatte sie gerade keinen Freund?

Bestimmt hatte sie einen! So eine tolle Frau konnte niemals alleine sein. Ich machte einen Schritt zurück und streifte die Jacke über. Ich winkte ihr zu und drückte auf den elektrischen Türöffner. Draußen regnete es. Ich zog mir die Jacke hoch und rannte zum Taxistand.

„Nach Hause!" sagte ich dem Fahrer.

×

Daheim fand ich alles etwas düster vor. Ich fühlte mich plötzlich ziemlich alleine. Ich schaltete deshalb möglichst viele Lichter an und beleuchtete die Wohnung damit. Ich lief umher und räumte Bücher und Zeitschriften auf die Seite. Hunger hatte ich nicht, aber ein Glas Wein hätte ich jetzt gerne doch noch getrunken. Ich entschloss mich also in den Keller zu gehen und eine Flasche Wein aus dem Regal zu nehmen. Der Weinvorrat war in den letzten Wochen deutlich geschrumpft, denn ich hatte ja nicht mehr für Nachschub gesorgt.

Ich schenkte mir ein Glas ein und trat ans Fenster. Ich sah hinüber und jetzt traute ich meinen Augen nicht. Es brannte in der Wohnung gegenüber Licht! Wirklich helles Licht! Die ganze Wohnung war hell erleuchtet.

Ja, wirklich, es brannte überall Licht. Die ganze Wohnung war jetzt ganz hell erleuchtet.

War denn jetzt doch jemand eingezogen als ich weg war?

Ja, so war es! Es war jemand eingezogen. Eine plötzliche Aufregung packte mich nun.

Ich sah ein paar Möbel an der Wand, ein großes Sofa. Ich blieb am Fenster stehen und wartete. Irgendwann musste da ja jemand erscheinen. Die Badezimmertüre war zu. Ich wartete am Fenster und nahm einen Schluck aus meinem Weinglas. Es war ein Barbera aus dem Piemont. Kräftig, aber nicht zu stark.

Die Italiener saßen wieder am Tisch und aßen. Wieder gab es emotionale Gespräche, denn alle Arme und Hände waren in Bewegung. Der nächste Gang wurde aufgetragen. Mein Blick ging weiter nach unten. Auch die beiden Männer saßen noch am Tisch. Sie hatten verschiedene Papiere vor sich liegen und füllten Formulare aus.

Die Ehe für alle! Sie füllten Formulare aus. Das war mein Gedanke, als ich sie sah.

Sie mussten deshalb jetzt auch die ganzen Formulare noch ausfüllen.

Gerade verließ der Pfleger das Haus. Wahrscheinlich hatte er die abendlichen Medikamente verabreicht.

Die anderen Wohnungen waren aber alle dunkel.

Jetzt ging gegenüber die Badezimmertüre auf. Zuerst sah ich nur die Beine. Und die waren schlank und ziemlich lang.

Eine Frau, also?

Ja, eine Frau!

Sie hatte sich in ein großes Badetuch gehüllt und kam jetzt aus dem Badezimmer. Sie hatte sich auch die Haare gewaschen und trug nun ein großes Handtuch um den Kopf gewickelt. Sie kam in die Mitte des Wohnzimmers und setzte sich dann auf das große Sofa. Sie zog die Beine an und saß im Schneidersitz auf dem Polster. Dann nahm sie ihr Handy aus der Tasche und telefonierte. Sie saß jetzt da wie auf einem Präsentierteller.

Mit wem telefonierte sie?

Mit ihrem Freund natürlich! Oder?

Ich beobachtete sie genau. Was tat sie? Wie bewegte sie sich?

Sie war groß. Nicht ganz 180 cm. Sie legte den Kopf etwas zurück und dann zur Seite und strich sich mit der Hand über die rechte Wange. Sie war ganz in Gedanken. Ich schaute ständig hinüber. Das, was ich sehen konnte, sah allerdings sehr gut aus.

Was kam als Nächstes? Ich spürte die Aufregung in mir. Ich wollte mehr von ihr sehen. Ich war gespannt.

Ich schenkte mir in der Küche nochmals Wein nach und ging dann wieder zurück ans Fenster. Sie saß noch immer da und telefonierte. Sie hatte jetzt den Bademantel etwas auf die Seite geschoben, ohne dass ihre Brust genauer sichtbar geworden wäre. Sie nahm nun das Handtuch vom Kopf und ihre Haare wurden sichtbar. Ja, sie zeigte jetzt doch mehr von sich. Was hatte sie vor?

Sie war blond. Die Haare waren glatt, lang und blond. Sie sah wirklich gut aus!

Plötzlich legte sie das Handy neben sich und schaute zu mir herüber.

Schnell trat ich zurück. Das Licht im Zimmer war nicht mehr an, aber man konnte mich bestimmt sehen, wenn ich direkt am Fenster stand. Vorsichtig trat ich aus der Dunkelheit wieder heraus und sah wieder hinüber.

Sie war jetzt weg! Nein, sie war jetzt wirklich wieder weg! Wie Schade! Wo war sie? Gerne hätte ich noch mehr von ihr gesehen!

Das Sofa war jetzt ganz leer. Auch das Handy war weg. Das Licht war zwar noch angeschaltet, aber von ihr war überhaupt nichts mehr zu sehen.

Schade, ich hätte ihr so gerne noch weiter zugesehen. Ich blieb noch am Fenster stehen und hoffte, dass sie wiederkam, aber es passierte nichts mehr. Also ging ich in mein Arbeitszimmer und beschloss noch etwas zu schreiben. Eine kurze Zusammenfassung des Tages.

Unser neues „Projekt Boran 3".

Später ging ich wieder ans Fenster, aber alles war jetzt ganz dunkel. Sie hatte nun alle Lampen komplett ausgemacht.

Ich setzte mich hin und hörte Musik. Ein Trio von Schubert. Ich träumte so vor mich hin. Eine attraktive Frau war jetzt in die Wohnung gegenüber eingezogen! Das war aufregend!

Später ging ich zu Bett und war dann auch sofort eingeschlafen.

Ich träumte weiter. Ich saß mit einer schönen Frau auf einem Sofa. Sie reichte mir Kuchen und Früchte. Wir sprachen lebhaft miteinander. Sie küsste mich und lächelte mich an.

Jetzt war es passiert! Mein Gehirn schlug bereits Purzelbäume.

Der neue Tag begann ruhig. Ich frühstückte mein Müsli und trank Kaffee dazu. Heute hatte ich wieder einen Termin bei meiner Therapeutin. Ich war wirklich gut gestimmt.

Sie war zunächst auch gut gelaunt.

Ich berichtete ihr nach und nach von den Ereignissen der letzten Tage.

Unser Treffen im „Cubo". Und über meine neue Nachbarin natürlich auch.

Jetzt streckte sie sich und fixierte mich dann ganz genau. Ich erzählte ihr unbekümmert weiter meine Beobachtungen.

Als ich fertig war, setzte sie sich dann plötzlich auf und straffte sich. Sie sah mich genau an. Dann holte sie tief Luft. Sie meinte dann, es sei nicht in Ordnung, andere Leute zu beobachte. Ich sei ein Spanner. Man könne mich deswegen auch anzeigen. Das müsse jetzt sofort aufhören.

Jetzt sah ich auch ihr in die Augen. Was meinte sie mit dieser Aussage? Sie wich aus. Sie wollte sich dann doch nicht weiter festlegen.

„Die Frau saß in einem hell erleuchteten Zimmer auf ihrem Sofa. Ich kam zufällig dazu. Ich wohnte gegenüber. Warum sehen Sie immer alles so negativ?"

Sie wollte sich jetzt nicht weiter festlegen, und sie wich dann auch immer wieder meinen Fragen aus. Warum machte sie das? Irgendwie machte das Gespräch jetzt keinen Sinn mehr mit ihr.

Sie gab mir keine vernünftigen Antworten mehr. Sie fand es einfach nicht in Ordnung, dass ich in fremde Wohnungen hineinschaute.

Wir verabschiedeten uns. Ich war verunsichert. Die nächste Sitzung war erst wieder in zwei Wochen.

Man würde sehen, was bis dahin alles passiert war. Ich wollte mir heute aber meine gute Laune einfach nicht von ihr nehmen lassen.

Sie hatte das alles nicht richtig verstanden. Das konnte sie ja auch gar nicht. Sir war schließlich Therapeutin. Sie musste mich durchs Leben bringen. Vielleicht befürchtete sie ja ein Problem und reagierte deshalb so. Ich sollte es ihr nicht übelnehmen. Sie war ja sonst auch in Ordnung.

Diese Frau gegenüber interessierte mich einfach. Das war doch in Ordnung!? Ich war trotzdem verunsichert. Aber ich war ja auch ziemlich einsam. Ich war ja gerade erst wieder zum Leben erwacht. Es war ja eigentlich ein gutes Zeichen, wenn ich mich wieder für Frauen interessierte. Ich sollte mich wieder entspannen. Das Leben schien mir auf einmal wieder interessant. Ich war plötzlich gespannt, was noch kommen würde.

×

Auf dem Weg nach Hause machte ich kurz Station bei Britta. Sie hatte vor Jahren die Idee, echte belgische Pommes Frites anzubieten. Wie sie das hinbekam war mir ein Rätsel. Aber sie schaffte es. Die besten Pommes Frites in der Stadt gab es bei ihr.

„Habe ich dir eigentlich jemals erzählt, wie sie ursprünglich entstanden sind?"

Nein, ich wusste es nicht. Hatten Pommes wirklich eine Geschichte?

„Es waren Notzeiten damals, denn es gab keine Fische mehr zu essen. Deshalb nahm man eben Kartoffeln, die hatte man noch und schnitt sie in Streifen. Sie sollten wie kleine Fische aussehen. Sie kamen ins Fett und wurden gebacken. Fertig waren Pommes Frites.

Ich musste lachen. Sie waren wirklich sehr köstlich bei ihr. Sie freute sich mit mir. Ich versprach, bald wieder zu kommen.

×

Ich war wieder zu Hause. Diese Stadttour hatte mich doch etwas erschöpft. Vielleicht war es auch das Essen. Ich war das Fett einfach nicht mehr gewöhnt. Es war jetzt später Nachmittag und ich kochte mir erst einmal einen Espresso, damit ich wieder wach wurde. Mit meiner Tasse in der Hand ging ich zum Fenster und schaute hinüber. Alles war dunkel, kein Licht brannte dort, also war sie auch nicht zu Hause. Sollte ich jetzt ein schlechtes Gewissen haben? Ich dachte an meine Therapeutin. Ich war doch kein Spanner, oder?

Wie hatte sie eigentlich ausgesehen? Welche Haarfarbe hatte sie eigentlich?

Sie war blond und hatte lange Haare! Oder doch nicht? Ich konnte es nicht richtig erkennen, denn sie hatte ja das Handtuch lange um den Kopf gewickelt. Nein, später hatte sie ja das Tuch wieder abgenommen und dann war die Haare blond gewesen.

Und die Beine?

Die waren ziemlich lange gewesen, das konnte ich genau sehen. Models hatten solche Beine. Was machte sie wohl beruflich?

Und ihre Bewegungen? Ihre Körpersprache? Ihr Naturell?

Das hatte ich nicht mehr richtig in meiner Erinnerung. Da war ich zu überrascht gewesen, als ich sie plötzlich das erste Mal sah. Ich musste warten, denn sie kam ja bestimmt wieder. Vielleicht war sie ja jetzt noch bei der Arbeit und kam dann erst später wieder zurück.

Und ihr Gesicht? Mit Gesichtern tat ich mich schwer. Das war auch schon früher so gewesen. Ich verliebte mich in eine Frau und prägte mir dann ihr Gesicht ein. Die Nase! Den Mund! Und dann verblasste das Bild wieder. Jeden Tag etwas mehr. Wenn ich sie drei oder vier Tage nicht mehr gesehen hatte, war das Bild weg. Die Erinnerung war dann vollständig weg. Natürlich würde ich sie sofort wiedererkennen. Wenn ich aber das Gesicht genau beschreiben müsste, könnte ich es nicht mehr.

Ich musste mich nun doch etwas am Schreibtisch beschäftigen. Meine Emails abfragen zum Beispiel, das wäre doch jetzt sicher sinnvoll.

Ich setzte mich also an meinen Schreibtisch und blickte in den Bildschirm. Ben nannte mir die Termine im Labor. Wir sollten die Versuche planen und die Termine koordinieren vom neuen Boran 3-Projekt.

Ich sagte zu. Ich wollte langsam wieder Fuß fassen und mitarbeiten. Ich wollte mich aber nicht zu sehr hineinsteigern. Es erst einmal ruhig angehen lassen, das war mein Ziel. Ich dachte nach. Paul Busch wie soll das denn mit dir weitergehen? Wirst du das denn auch hinbekommen? Finde das richtige Maß!

Ich wollte es und hatte jetzt auch wieder Lust dazu.

Ich stand irgendwann auf und trat dann wieder ans Fenster.

Gegenüber brannte jetzt wieder Licht. Mein Herz „hüpfte" etwas.

Die Wohnung war nun sogar hell erleuchtet. Ich war jetzt richtig aufgeregt. Ich wollte sie sehen. Zunächst sah ich sie aber gar nicht. Nichts bewegte sich dort drüben. Irgendwann waren meine Augen gereizt vom ständigen Hinüberstarren. Ich spürte weiter meine innere Aufregung.

Aber nichts geschah! Ich schaltete alle Lichter aus. Sie sollte mich nicht sehen können. Ich stand nun an der Wand und sah weiterhin hinüber.

Und dann kam sie plötzlich doch ins Wohnzimmer.

Sie war wirklich groß und schlank. Ihre Haare waren hell. Sie trug ein gemustertes Kleid. Die Schuhe hatte sie ausgezogen. In der Hand hielt sie eine Tasse. Sie setzte sich auf ihr Sofa und schaute auf den Fernseher, der auf der linken Seite stand und wohl auch angeschaltet war. Den Fernsehschirm konnte ich allerdings nicht erkennen und so wusste ich natürlich auch nicht, was sie sich gerade ansah.

Immer wieder nippte sie an ihrer Tasse und schaute zum Fernseher hin.

Dann stand sie wieder auf und kam mit ihrem Handy zurück.

Sie telefonierte.

Mit wem?

Wahrscheinlich mit ihrer Mutter oder doch mit ihrem Freund? Nein, mit ihrer Mutter. Das hatte ich plötzlich so im Gefühl. Eigentlich war das nicht richtig, so das Tun eines fremden Menschen zu kommentieren, wie ein Spießer, der nichts Besseres zu tun hatte, als zu glotzen und seine Nachbarn zu beurteilen. Aber die Neugierde war doch sehr stark.

Ich wollte noch mehr sehen!

Eine sehr schöne Frau wurde mir gerade präsentiert. Ich konnte einfach nicht mehr wegsehen. Ich musste sie unbedingt kennenlernen!

Ich schaute gebannt.

Sie hatte inzwischen aufgehört zu telefonieren und dann das Handy wieder weggelegt. Vielleicht kam ja gleich der Pizzaservice? Nein, sie aß bestimmt keine Pizza. Sie würde sich einen Salat machen. Pizza gab es bei ihr nicht. Sie lebte gesund und ernährte sich bewusst. Vielleicht einmal eine Pasta mit Muscheln und einer guten Soße. Mehr nicht! Viel Obst und Gemüse. Das gab es bei ihr zu essen.

Was würde sie jetzt machen?

Vielleicht doch etwas essen?

Ja, sie stand auf und ging tatsächlich in die Küche. Mit einem Teller kam sie zurück. Sie aß dann auf ihrem Sofa. Der Fernseher lief weiter.

Ich hatte jetzt auch richtig Hunger bekommen, aber ich wollte nicht weg vom Fenster, um ja nichts zu verpassen.

×

Ihre Einrichtung war eher spartanisch, aber durchaus geschmackvoll. Es stand nichts Unnötiges herum.

Hinter dem Sofa sah ich einen Tisch mit zwei Stühlen. Etwas nach links versetzt entdeckte ich ein Regal, aber die Bücher fehlten noch. Sessel gab es keine in der Wohnung. Aber das Sofa war ja auch groß genug.

Bilder oder Kunstwerke an der Wand gab es auch noch keine. Das war ja auch noch viel zu früh. Sicherlich würde sie dort bald etwas aufhängen. Ich dachte an meinen großartigen Impressionisten, der in meinem Schlafzimmer hing. Vielleicht hatte sie ja auch so ein großartiges Bild. Sie war jetzt einfach noch nicht dazu gekommen, ihre Bilder aufzuhängen.

×

Sie zog die Beine an, ließ sich nach hinten fallen und legte sie dann auf das Polster. Sie musste sportlich und gelenkig sein. Das kam mir so in den Sinn, als ich ihre Bewegungen sah.

Auf dem Flur standen noch Umzugskisten herum, teilweise waren sie auch schon geöffnet. Sie nahm die Fernbedienung des Fernsehers in die Hand und wechselte das Programm. Sie musste sicherlich noch Einiges einräumen. Das hatte sie bisher aber noch nicht geschafft.

Sie schien plötzlich meine Gedanken zu erraten, denn sie stand nun auf, legte die Fernbedienung zur Seite und ging zu den Kartons. Dort nahm sie ein Bündel heraus und ging damit ins Schlafzimmer, um es einzuräumen. Wahrscheinlich war sie gerade dabei Wäsche einzuschichten. Dann kam sie wieder zurück und hielt ein Notebook in den Händen. Sie stellt es auf dem Tisch ab und ging dann wieder zurück ins Schlafzimmer. Dann war sie weg. Ich sah sie für heute nicht mehr.

Schade!

×

Ich ging zu Bett, nachdem ich noch eine CD von Miles Davis gehört hatte. Es war „Kind of Blue" Ich hatte sie schon so oft gehört, aber sie gefiel mir jedes Mal aufs Neue. Ein besonderes Erlebnis war, dass die Hausband in meinem Jazzclub vor ein paar Jahren dieses Album komplett gespielt hatte. Sie spielten sehr gut und durch die Life-Musik war alles noch aufregender gewesen. Daran dachte ich, als ich die Musik hörte.

Danach ging ich nochmals zum Fenster und sah hinüber, aber es war nun wirklich alles dunkel bei ihr. Sie würde jetzt sicher nicht mehr zurückkommen.

Aber auch sonst brannte im Haus noch überall Licht.

Der Computerfreak saß immer noch am Rechner. Wahrscheinlich spielte er oder schaute sich wieder Pornos an.

Und die Italiener räumten gerade ihren Tisch ab. Wahrscheinlich hatten sie wieder ausgiebig gekocht und ihr Menu gestenreich verzehrt.

Das männliche Paar saß diesmal vor dem Fernseher. Das sah jetzt doch auch ein bisschen spießig aus, wie die beiden so dasaßen. Sie reichten sich gegenseitig Chips oder Nüsse und schauten sich gerade einen Film an.

Auch in der Wohnung der Pflegpatientin brannte Licht. Vielleicht musste sie nochmals auf die Toilette oder bekam gerade ihre Nachtmedikation.

Gerade ging das Licht beim Studenten aus. Wahrscheinlich hatte er Besuch von seiner Freundin und wollte ungestört sein.

Ich schaute wieder hoch zu ihr, aber sie schaltete das Licht nicht wieder an. Bei ihr blieb nun alles dunkel. Sie war Schlafen gegangen. Wahrscheinlich musste sie morgen schon früh fit sein.

Ich entschloss mich nun auch zu Bett zu gehen. Auch ich wollte morgen fit sein. Die Arbeit würde jetzt sicherlich wieder zunehmen. Unsere gemeinsame Arbeit würde jetzt langsam Fahrt aufnehmen. Ich konnte mich dabei einbringen, ohne mich zu überfordern. Das war mein Ziel. Eine Aufgabe stand für mich bereit. Ich freute mich darauf.

×

Ich schlief unruhig. Ich hatte die Frau gegenüber heute genauer beobachten können. Sie schien mir sehr interessant zu sein. Es lag etwas Besonderes in ihren Bewegungen. Ihre Körpersprache war anders als bei den Menschen, die ich kannte. Vielleicht war sie ja eine Tänzerin. Eine Ballett-Tänzerin? Nein, dafür war sie zu groß. Die männlichen Tänzer hätten sicher große Schwierigkeiten beim Heben und bei den Figuren gehabt. Das würde so nicht gehen. Die Mädchen dort waren zierlicher und leichter. Das wusste ich. Das hatte ich bei den Ballett-Vorstellungen genau gesehen.

Aber sie hatte eine in sich ruhende Bewegung gehabt. Das war mir aufgefallen.

Ich musste jetzt über mich selbst lachen.

„Quatsch, das sind doch alles Hirngespinste. Erfundenes Zeug. Du stehst am Fenster und betrachtest jemand und fängst dann an, diese Dinge zu erfinden. Was soll das? Aber du beschäftigst dich mit ihr. Lass sie doch in Ruhe. Die will nichts von dir! Sieh das doch ein!"

Solche Selbstgespräche führte ich.

Das Sofa war schon sehr im Mittelpunkt der Wohnung. Eigentlich ein richtiger Präsentierteller. Da saß sie und ich konnte sie genau sehen. Sie wusste doch von mir überhaupt nichts! Ich stand doch immer im Dunkeln, wenn ich zu ihr hinüberschaute. Also das konnte es nicht sein. Es war einfach der beste Platz für das Sofa in dieser Wohnung. Basta!

So ging der Traum hin und her. Ein Dialog, ein Zwiegespräch. Mein Gehirn hatte sich verselbständigt. Aber das war auch ziemlich anstrengend. Dann kamen Ben und Davide hinzu und grinsten mich an.

„Stell sie uns doch auch einmal vor, wir möchten sie endlich auch kennenlernen!"

Ich schüttelte den Kopf.

Ich kannte sie ja selbst noch nicht einmal richtig. Ich wusste ja noch nicht einmal wie sie hieß. Lasst mich in Ruhe!

Irgendwann kam dann der Morgen und an meinem Kopf drückte es an den Schläfen. Ich versank in meinem Kissen.

×

Ich musste nun aufstehen. Ich konnte doch nicht ewig liegen bleiben. Ich ging in die Küche und holte mir einen Kaffee. Dann ging ich zum Fenster und sah wieder hinüber. War sie da?

Ich war überrascht. Sie war wirklich da! Sie saß schon am Laptop und arbeitete. Musste sie heute denn nicht zur Arbeit?

Dann fiel mir ein, dass heute ja Sonntag war.

Sie hatte noch den Morgenmantel an und saß am Tisch vor ihrem Laptop. Neben ihr stand eine Kaffeetasse. Sie schrieb. Ich sah die Bewegungen ihrer Finger. Manchmal hielt sie kurz inne und blickte in die Ferne, dann schrieb sie weiter.

Ich ging ins Bad, zog mich dann an und trat wieder ans Fenster.

Sie schrieb noch immer! Ich setzte mich nun selbst an meinen PC und bereitete das Treffen mit Ben und Davide vor.

Später ging ich dann wieder ans Fenster und alles war unverändert. Sie schrieb noch immer!

Was schrieb sie eigentlich? Heute, am Sonntag? Warum ging sie nicht außer Haus und traf sich mit Freunden oder mit ihrer Familie? Die Mittagszeit war schon deutlich überschritten. Irgendwann musste sie doch auch etwas essen! Ich setzte mich wieder an meinen PC und schrieb ebenfalls weiter.

Dann machte ich mir selbst etwas zu essen. Ich steckte mir gerade den letzten Bissen in den Mund, als ich auch schon wieder vor dem Rechner saß. Ich hatte dann schließlich meinen Bericht fertig, stand auf und ging nochmals zum Fenster, um zu ihr hinüber zu sehen.

Der Laptop stand noch auf dem Tisch, aber sie war weg. Okay, sie war jetzt doch noch gegangen, um Freunde zu besuchen oder um etwas zu essen.

Und, was machte ich nun. Sollte ich vielleicht auch Spazierengehen?

Zu Luisa ins O.N.? Ins Kino? Oder in den Jazzclub?

Ich hatte heute wirklich große Lust, wieder einmal ins Kino zu gehen.

Der Film erzählte die Geschichte, in der Roboter in Menschengestalt zurück auf die Erde kamen und dann aber wieder beseitigt wurden. Sie kamen einfach in den Ruhestand, so die offizielle Bezeichnung. Der Held war selbst einer von ihnen, aber er war auf der Erde geboren worden. Das war neu. Alles sehr kompliziert. Er hatte eine virtuelle Freundin. Sie wurde gesteuert von einer Computer-Anlage in seiner Wohnung. Sie wollte, dass er die Daten auf ein mobiles Gerät übertrug, damit sie immer bei ihm sein konnte.

„Wenn das Gerät aber zerstört wird, dann gibt es dich nicht mehr!" sagte er zu ihr.

Aber sie wollte es so haben. Später trat dann die Gegnerin des Hauptdarstellers absichtlich auf den Stick, der ihm beim Kampf aus der Hand gefallen war und sofort war sie für immer verschwunden.

Sie konnte keinen Sex mit ihm haben. Aber sie setzte alles daran. Es sollte irgendwie doch noch funktionieren. Deshalb kam sie dann auf die Idee in die Gestalt einer Prostituierten zu schlüpfen. Beide Personen bewegten sich dabei übereinander. Funktionierte das überhaupt? Das war im Film nicht klar. Sie war selbst auch nicht richtig glücklich und verwies am nächsten Morgen barsch die fremde Frau aus der gemeinsamen Wohnung. Der Film hinterließ ein seltsames Gefühl. Für wen wurde er eigentlich gemacht? Und wozu? Welche Fragen sollte der Film eigentlich beantworten? Ich wusste es nicht. Ich war dann doch etwas verstört, als der Film zu Ende war.

Ich ging danach schnell aus dem Kino heraus und sah viele Menschen um mich herum. Was taten die eigentlich hier? Warum liefen sie alle umher? Ich hatte plötzlich den Gedanken, möglichst schnell wieder nach Hause zu kommen. Der Bus war zu langsam, die Bahn viel zu umständlich. Also nahm ich mir ein Taxi.

Der Fahrer war nervös, fuhr überaus schnell und schimpfte über den Fahrer vor uns, der vor einer grünen Ampel einfach angehalten hatte.

„Der ist nicht von hier!" entschuldigte ich sein Verhalten.

„Aber grüne Ampeln gibt es doch in jeder Stadt!"

Da hatte er recht! Ich sagte jetzt nichts mehr dazu.

Das Taxi, in dem ich gerade saß, sah ganz normal aus. Im Film hatte der Held ein Flug-Auto. Wenn es im frisch gefallenen Schnee stand, sah es besonders schön aus. Es war eine Mischung aus Jaguar E-Type und Lamborghini Murcielago. Die Hinterachse bestand allerdings nur aus einem Rad. Das sah wirklich sehr skurril aus.

Endlich kam ich zu Hause an. Das Trinkgeld war großzügig ausgefallen. Ich wollte den Fahrer damit etwas aufmuntern.

Ich öffnete die Haustüre und trat ins Haus. Rasch ging ich die Treppe hoch und öffnete die Wohnungstüre.

×

In der Wohnung war es angenehm warm. Ich holte mir ein Bier aus dem Kühlschrank und ging zum Fenster. Sie saß tatsächlich wieder am Tisch vor ihrem Laptop. Ich blieb am Fenster stehen und schaute hinüber. Sie schrieb ohne aufzusehen. Daneben stand wieder eine Tasse. Immer wieder trank sie kleine Schlucke daraus. Sie achtete wohl sehr auf eine ausreichende Flüssigkeitsaufnahme.

Ich schaute in ihrer Wohnung umher.

Die Umzugskartons auf dem Flur waren nun alle inzwischen verschwunden. Sie hatte sicher jetzt alles in die Schränke eingeräumt. Sie war also jetzt richtig eingezogen. Neue Bilder sah ich nicht, sie hatte also noch nichts an die Wand gehängt. Sie schrieb und schrieb. Sie schaute nicht auf. Sie schrieb stundenlang.

Was schrieb sie eigentlich? Ihre Doktorarbeit? Einen Roman? Ich war schon etwas ratlos. Diese tolle Frau arbeitete nur. Sie hatte bisher keine sozialen Kontakte. Sie arbeitete nur. Was war das denn eigentlich für eine Frau?

Ich sah immer mal wieder hinüber zu ihr und hatte dabei mein Licht ausgelassen. Es war eine besondere Atmosphäre, zu sehen, wie es draußen immer dunkler wurde.

Ich saß inzwischen selbst aber wieder am Schreibtisch und arbeitete an meinem Rechner.

Auch ich schrieb und schrieb. Wir hatten uns also synchronisiert. Immer wieder sah ich hinüber, um mich zu vergewissern, dass auch sie noch da war und auch an ihrem Laptop schrieb. Das hatte alles etwas Friedliches an sich. Ich war jetzt nicht mehr alleine.

Leider verpasste ich wieder den Zeitpunkt, an dem sie aufgehört hatte zu arbeiten und zu Bett gegangen war.

Irgendwann war es dunkel bei ihr, und ich hatte es nicht mitbekommen, wie sie sich auszog, danach ins Bad ging, den Laptop zuklappte oder sich die Zähne putzte. Ich sah auch nicht, ob sie noch im Bett las.

×

Am nächsten Morgen trat ich nach dem Aufstehen sofort wieder ans Fenster, bevor ich irgendetwas anderes tat. Der Kaffee war noch nicht zubereitet. Ich hatte immer noch den Schlafanzug an.

Dabei hielt ich aber etwas Abstand vom Fenster, damit ich nicht gesehen werden konnte.

Sie saß auch schon wieder am Computer!

Sie war wirklich sehr, sehr fleißig. Diese Frau arbeitete sehr viel. Das mussten wirklich wichtige Dinge sein, die sie da zu bearbeiten hatte.

Musste sie eigentlich nicht irgendwann auch zur Arbeit gehen? Hatte Sie denn gar keinen Beruf?

Nein, sie war auch heute wieder alleine in ihrer Wohnung. Sie hatte Urlaub oder war möglicherweise auch krankgeschrieben. Oder war heute etwa wieder Sonntag?

Nein, heute war tatsächlich kein Sonntag!

Sie schaute wieder kurz in meine Richtung und tippte dann in ihren Laptop. Was schrieb sie da eigentlich? Artikel? E-Mails?

Das war ja auch egal. Schaute sie wirklich nach mir? Hatte sie mich etwa doch einmal am Fenster gesehen?

Sie schaute halt in die Ferne und dachte nach, was sie schreiben sollte. Sie konnte mich sicher nicht gesehen haben!

Ihre Wohnung war wirklich sehr hell. Von überall konnte die Sonne hineinscheinen. Das Wohnzimmer hatte nicht nur das große Fenster zu mir, sondern auch noch ein großes zur Seite. Auch die anderen Räume bekamen durch zusätzliche Fenster sehr viel Licht ab.

Sie trug heute ein dunkelgrünes Sweatshirt mit Kapuze. Vielleicht hatte sie vor, nachher noch zu joggen. Ihre hellen Haare hatte sie hinten zusammengebunden. Ihre Hose war ebenfalls dunkelgrün, also eine Jogginghose. Ihre Füße konnte ich nicht erkennen. Sie waren unter der Tischplatte versteckt.

Sie wirkte irgendwie zufrieden. Plötzlich hob sie den Kopf und schaute wieder zu mir herüber. Ich drückte mich an die Wand, denn ich wollte jetzt wirklich nicht gesehen werden. Still blieb ich stehen. Ich atmete kaum, obwohl sie mich natürlich nicht hören konnte. Meine Wohnung war ziemlich dunkel. Eigentlich konnte sie mich wirklich nicht gesehen haben.

Ich schaute vorsichtig wieder durchs Fenster. Jetzt sah ich, dass sie mir wirklich direkt ins Gesicht sah. Es war ein seltsames Gefühl. Dann wandte sie sich wieder ihrem Bildschirm zu. Ich beschloss in die Küche zu gehen, um zu frühstücken.

Hatte sie mich vielleicht doch irgendwann gesehen? Stand ich doch immer zu nahe am Fenster? Nein, alles sah nur so aus. Sie blickte in Gedanken einfach nur in die Ferne.

Was schrieb sie eigentlich da die ganze Zeit? Das fragte ich mich ständig. Eine Examensarbeit? Immer wieder machte sie Denkpausen. Vielleicht musste sie ja nachdenken, bevor sie weiterschrieb. Sie musste einen Text formulieren. Sie arbeitete ja auch am Sonntag. Sie hatte vielleicht einen Abgabetermin und musste rechtzeitig damit fertig werden. Ich wusste es nicht. Ich war etwas ratlos.

Nach dem Frühstück stand ich wieder am Fenster.

Sie saß noch immer da. Gerade nahm sie wieder einen Schluck aus ihrer Tasse. Plötzlich stand sie auf. Die Tasse hielt sie noch in der Hand. Sie blieb einen Augenblick stehen, bevor sie sich nach links drehte. Wahrscheinlich wollte sie in die Küche gehen, um sich nachzuschenken.

Sie war groß und schlank.

Das Grün stand ihr wirklich gut. Ihre Haare waren hell und glatt, etwa schulterlang. Ihr Waist-to-hip-Ratio war bestimmt unter 0,7. Also ein Wert, den Männer bei einer Frau attraktiv finden. In Wirklichkeit sprach diese Körperform für einen guten Gesundheitszustand. Das hatte die Wissenschaft inzwischen tatsächlich herausgefunden.

Die „Sanduhr" bildete sich nach Eintritt in die Pubertät aus und verschwand dann wieder in den Wechseljahren.

An den Füßen hatte sie kleine Schläppchen an. In der Küche war sie nicht mehr zu sehen, denn soweit konnte ich nicht in die Wohnung hineinschauen. Bestimmt würde sie jetzt gleich wieder zurückkommen.

Aber sie kam nicht zurück! Warum kam sie eigentlich nicht zurück?

Sie ließ mich jetzt schmoren! Warum kam sie nicht mehr zurück? Wo blieb sie? Was machte sie? Ich wartete und wartete. Aber sie kam nicht mehr.

Für heute hatte sie also schon alles gezeigt!

Ich ging zu Bett. Morgen war ja auch wieder ein Tag. Vielleicht zeigte sie ja morgen mehr von sich?

×

Ganz früh stand ich auf, zog mir meine Jacke an und ging in die Stadt. Ich musste dringend einkaufen.

So das allernötigste halt wie Milch und Brot. Etwas zum Grillen und auch ein paar Flaschen Bier. Bald würde ich dann wieder zurück sein. Ich nahm ausnahmsweise das Auto, denn die Tasche war meist nach dem Einkauf recht schwer.

Nachdem ich alles im Auto verstaut hatte, ging ich dann doch noch ins O. N., setzte ich mich kurz zu Luisa an die Bar und trank bei ihr einen Espresso.

Sie war wie immer gut gelaunt. Sie fragte mich nach meinem Befinden und wollte wissen, welche Pläne ich hätte. Ich schaute sie an.

„Was für Pläne?"

„Was hast du vor? Was kommt als Nächstes?"

Ich wusste es nicht. Klar, wir hatten die Vereinbarung fürs Boran-3-Projekt. Aber es war noch nichts genau strukturiert. Alles musste sich nach und nach erst ergeben.

„Und deine Frau?"

„Sie ist ausgezogen!"

Eigentlich wollte ich heute nicht mit Luisa darüber sprechen. Warum fragte sie mich das eigentlich?

Sie schaute mich an. Ihr Blick war ganz klar und sie zeigte keinerlei Emotion. Ihr Gesicht war ganz entspannt.

Ich versuchte dennoch rasch das Thema zu wechseln.

„Wir, Ben, Davide und ich, haben ja jetzt wieder ein neues Projekt. Es geht um das Element Bor im Stoffwechsel. Ich habe dir vor Monaten einmal etwas über Vitamin D berichtet. Es hat sich nun gezeigt, dass beim Vitamin D das Element Bor eine besondere Rolle spielt und alle Menschen in Mitteleuropa zu wenig Bor im Blut haben. Da wollen wir ansetzen."

„Was soll ich essen, um an das Bor zu kommen?" fragte sie.

„Gurken und Avocado!" Ich machte eine Pause. „Aber auch Pfirsiche."

Sie lachte.

„So einfach ist das?"

„Ja, das finde ich auch, aber du musst ziemlich viel von den Gurken essen, um auf die 3 mg Bor zu kommen. Mindestens eine große oder 2 kleine und das jeden Tag. Das wirst du nicht schaffen!"

„Ja!" sagte sie. „Das werde ich nicht hinbekommen.

Ich hatte inzwischen den Espresso ausgetrunken und wollte mich gerade verabschieden.

Sie schaute mich an. Ihr Blick war ganz konzentriert.

„Hast du Zeit und Lust heute Abend mit mir zu einer Vernissage zu gehen. Es gibt dort immer tolle Kunst und du liebst doch die Kunst. Ich bin in drei Stunde fertig hier."

Jetzt lächelte sie mich an. Sollte ich sie sofort küssen?

Ich stoppte sofort meine Bewegung. Ich konnte mit Luisa den Abend verbringen! Dazu hatte ich heute wirklich große Lust.

Ich sah sie an und nahm sie in den Arm.

„Luisa, ich freue mich. Wo treffen wir uns?"

„Kannst Du mich abholen?"

„Ich hole dich ab!"

Ich brachte zunächst meine Einkäufe nach Hause und später klingelte ich dann bei Luisa.

Das Haus stand etwas versteckt in der zweiten Reihe. Es war aber

trotzdem leicht zu finden. Ich ging über den Hof. Ich klingelte und nach zwei Minuten stand sie neben mir.

Das lange Haar hatte sie kunstvoll drapiert. Dazu trug sie zu den engsten Jeans, die ich jemals gesehen hatte, eine Bluse mit bunten Mustern. Wie war sie in diese Jeans überhaupt reingekommen? Ich küsste sie und dann gingen wir die Straße entlang. Sie hatte sich bei mir eingehakt, und wir kamen irgendwann gut gelaunt in der Galerie an.

Schickes Publikum hatte sich dort bereits eingefunden. Alle hatten ein Champagnerglas in der Hand. Jetzt fiel mir ein, dass ich ja gar nicht wusste, wer dort überhaupt ausstellte. Das war eigentlich auch nicht wichtig. Ich war mit Luisa zusammen, das war heute interessant für mich, der Künstler selbst interessierte mich eher weniger.

Wir gingen in die Galerie hinein und dann sah ich auch den Künstler. Es waren alles Fotografien. Sehr große Formate. Alles gekonnt arrangiert. Frauen in verschiedenen Gewändern. Geschichten wurden erzählt. Genau, die Bilder erzählten verschiedenen Geschichten, die sich teilweise überlagerten.

Es fehlte der Text, aber die Bilder sprachen für sich.

Ich kannte den Künstler bereits und er kam mir auch schon entgegen. Er war überrascht, mich hier zu sehen. Ich stellte ihm Luisa vor. Er lächelte sie an. Sie schienen sich auch zu kennen.

Wir gingen dann weiter durch die großen Räume. Herrliche Bilder. Skurrile Themen. Eine aufregende Welt. Wir konnten uns nicht satt daran sehen. Wir gingen von Bild zu Bild. Manchmal mussten wir aber auch lachen. Der Künstler selbst war inzwischen wieder verschwunden. Er stand umringt von Besuchern am anderen Ende der Galerie.

Luisa lehnte sich an mich. War sie müde oder wollte sie sich anschmiegen. Ich hielt sie an mich und küsste sie auf den Mund. Sie küsste mich leidenschaftlich. Sollten wir jetzt lieber doch gleich zu ihr gehen? Arm in Arm gingen wir weiter zum nächsten Bild.

Der Galerist stand plötzlich neben mir und gab mir die Hand. Wieder stellte ich Luisa vor. Er gab ihr einen Handkuss. Sie war gerührt.

Der Galerist führte uns nun selbst durch seine Galerie und zeigte uns alle Bilder, die ihm besonders gefielen. Er war stolz, dass er diesen Künstler bei sich ausstellen konnte. Das spürte ich gleich.

Alles war sehr interessant und auch aufregend. Aber irgendwann hatten wir dann doch alles gesehen. Wir standen noch etwas herum, tranken ein Glas Champagner und sie schmiegte sich noch mehr an mich. Eigentlich hatten wir jetzt ja auch wirklich genug gesehen.

Später schlichen wir uns dann leise hinaus. Ich brachte sie wieder nach Hause. Ich ging nicht mehr hoch zu ihr. Wir küssten uns und sie lächelte mich vielsagend an. Aber wir liebten uns an diesem Tag nicht.

×

Ich war wieder zu Hause. Ich konnte es kaum erwarten, wieder zu ihr hinüberzusehen. Ich eilte zum Fenster. Paul Busch, was war mit dir los? Du hast Luisa alleine gelassen. Sie liebt dich. Aber du interessierst dich nicht für sie!

Aber alles war dunkel. Sie war nicht zu sehen! Ich blieb am Fenster stehen. Ich hatte so sehr gehofft, sie wieder zu sehen. Aber alles blieb dunkel. Sie schlief schon, denn sie hatte ja den ganzen Tag gearbeitet. Sie musste morgen früh aufstehen. Sie hatte bestimmt Termine.

Ich war dann doch enttäuscht. Sie war wirklich nicht zu sehen. Sie schlief. Sie träumte sicherlich von mir. Von Paul Busch!

Schade, aber es war ja auch inzwischen doch recht spät geworden. Ich hörte noch Musik. Ich hatte Sebastian Studnitzky aufgelegt. Ein Genie war dieser Mann. Die beste Kombination von klassischer Musik und Jazz. Ich konnte nicht genug von dieser Musik bekommen.

Ich begann auch zu träumen. Ich träumte von ihr.

Was sollte das Ganze überhaupt?

Wie hieß sie überhaupt! Ich kannte nicht einmal ihren Namen.

Bisher hatte ich ja auch noch kein einziges Wort mit ihr gesprochen.

Trotzdem bildete mir aber ein, sie gut zu kennen.

Aber das war ja alles völlig vermessen. Geradezu absurd dieser Gedanke!

Mit Luisa war ich nicht in ihre Wohnung gegangen. Ich blieb nicht bei ihr, obwohl wir uns so sehr nahe waren. Wer sollte das jemals verstehen?

Nur ich war dazu in der Lage. Ich verstand mich plötzlich aber selbst nicht mehr richtig. Was sollte eigentlich dieser ganze Stress? Wollte ich schon wieder ein Burnout bekommen?

×

Irgendwann war ich dann doch auch zu Bett gegangen. Ich konnte nicht mehr damit rechnen, sie heute noch zu sehen. Ich träumte von Luisa. Sie legte ihren Arm um mich. Dann schlief ich ein. Ich träumte die ganze Nacht. Luisa, wenigstens wusste ich ihren Namen, und wie hieß meine Nachbarin? Natürlich kannte ich ihren Namen nicht. Klar, wir hatten nie miteinander geredet. Ich konnte ihren Namen wirklich nicht wissen. Jetzt musste ich wirklich auf mich aufpassen. Es bestand die Gefahr, dass ich abstürzte.

×

Irgendwann am Morgen wachte ich auf. Ich hatte wieder keinen Wecker gestellt. Ich hatte es einfach vergessen. Eigentlich war das doch ein gutes Zeichen, oder?

Ich machte mir einen Kaffee und ging ins Bad, um zu Duschen. Das Frühstück war einfach und bestand aus einem Müsli aus dem Bioladen. Es war lecker und der Hunger war dann meist auch für einige Stunden weg.

Dann sah ich aus dem Fenster. Ich traute meinen Augen nicht, was ich sah:

Wieder saß sie am Laptop und arbeitete konzentriert. Also setzte ich mich ebenfalls wieder an meinen PC. Ich schrieb auf, was beim nächsten Treffen mit Ben und Davide besprochen werden musste. Das neue Projekt natürlich! Es würde sicherlich nicht so grandios sein wie unser Letztes. Auch der finanzielle Erfolg würde sicherlich geringer ausfallen. Aber das würde uns nicht in Schwierigkeiten bringen. Wir hatten ja jetzt ein so hohes finanzielles Polster. Das würde also keine Rolle spielen. Ich schrieb und schrieb und hatte alles um mich herum bereits vollständig vergessen.

Ich musste wegen des Burnouts aufpassen. Immer häufiger wurde nun der Begriff Resilienz verwendet. Es ist die Fähigkeit, mit Belastungen umzugehen. Es ist das Zusammenspiel des Menschen mit seiner Umgebung. Kann er die an ihn gestellten Aufgaben für alle befriedigend lösen? Für alle, das bedeutet aber auch für sich selbst. Wenn andere es besser hinbekommen, dann sollen sie es eben machen. Aber wie sieht es im Alltag aus? Raus gehen! Etwas anderes sehen! Kino oder Theater! Die Welt von der anderen Seite aus kennen lernen!

Was hatte meine Therapeutin immer wieder gesagt?

„Investieren Sie in Partnerschaft, Familienleben und Freundschaften."

Dann sprach sie weiter:

„Ihr wirkliches Leben findet zu Hause statt. Es sind die Menschen, für die Sie sich entschieden haben. Es sind die Menschen, die vollständig von ihnen abhängig sind. Ihre Kinder etwa. Sie können nicht ohne Sie sein. Es muss Ihnen wichtig sein, dass sie, ja sie, glücklich sind. Das ist ganz wichtig! Sie helfen ihnen, wenn sie Probleme haben. Bitte bedenken Sie das!"

Dann machte sie eine Pause und ich dachte über ihre Worte nach.

„Die Zahl Ihrer Freunde ist in den letzten Jahren stark zurückgegangen. Die noch übriggeblieben sind, stecken ebenfalls in anstrengenden Berufen, die sehr viel Zeit benötigen. Diese Kontakte müssen Sie aber trotzdem erhalten. Das ist ganz wichtig für Sie."

Ah, ja, dachte ich mir.

Dann schaute sie mich genau an.

Nach einer Pause sprach sie weiter:

„Wichtig sind Rituale, denn sie müssen nicht mehr verteidigt werden. Alles was ritualisiert ist, ist bereits entschieden und ist unumstritten."

„Hilfreich ist die „Kultivierung der eigenen Präsenz". Es ist die Fähigkeit, da und nur da zu sein, wo man sich gerade aufhält. Wichtig sind auch außerberufliche Standbeine. Wer die hat, geht eher nach Hause und nimmt sich Zeit für die Menschen, die wichtig sind."

Ja, das hatte ich inzwischen verstanden.

Wieder stand ich auf und schaute hinüber. Sie saß immer noch vor ihrem Laptop. Wahrscheinlich hatte sie ja doch einen Heimarbeitsplatz. Klar, sie arbeitete von zuhause aus. Hatte sie auch Stress? War sie etwa aus ihrem bisherigen Beruf deswegen ausgestiegen?

Sie trank wieder aus ihrer Tasse. Sie trank sicherlich mehr als ich. Aber Frauen sollten sowieso mehr trinken als Männer. Männer tranken ja meist zu wenig Wasser.

Ich lehnte mich seitlich an die Wand, denn sie sollte mich ja wirklich auf gar keinen Fall sehen können. Meine Therapeutin sah das ja sehr kritisch. Bisher hatte ich sie nichts essen sehen, wahrscheinlich tat sie das ja nur in ihrer Küche, in die ich ja leider nicht hineinsehen konnte.

Wie war Stressbewältigung möglich? Die Unterscheidung von wichtigen und unwichtigen Dingen spielte dabei eine große Rolle. Stress entstand, wenn wichtig und unwichtig verwechselt wurde. Eine wichtige Rolle spielte auch die bewusste Begrenzung der eigenen täglichen Arbeitszeit.

„Wichtig sind bewusst geplante und regelmäßige Urlaube," sagte dann meine Therapeutin noch.

„Das heißt: Plane deinen Urlaub am Anfang des Jahres für den Rest des Jahres. So entstehen dann verlässliche Auszeiten."

Ich hatte ihr zugenickt.

Ich stand immer noch am Fenster und schaute hinüber. Sie stand plötzlich auf und klappte den Laptop zu. Sie ging dann ins Schlafzimmer und nach kurzer Zeit kam sie angezogen wieder heraus.

Sie wollte also aus dem Haus gehen. Sie verließ auch danach die Wohnung und trat nach kurzer Zeit durch die Haustüre auf die Straße. Sie hatte eine kurze dunkle Jacke an und trug eine Tasche über der Schulter. Dann bog sie in die Nebenstraße ein und war dann rasch verschwunden.

Ich blieb zurück. Meine Arbeit für heute war also erledigt. Was würde ich heute denn noch so machen?

Ich entschloss mich zum Sport, genauer zum Muskeltraining zu gehen.

Das hatte ich vor Monaten unterbrochen, als es mir so schlecht ging. Aber jetzt könnte ich das Training doch wieder aufnehmen. Es war ein Training an Maschinen. Es förderte den Muskelaufbau.

Ich wollte es wiederbeginnen, denn es hatte mir früher wirklich gutgetan. Damals hatte es mir auch viel Spaß gemacht. Ich packte also meine Tasche und verließ ebenfalls das Haus. Ich nahm den Bus. Der hielt dann direkt vor dem Studio.

Über eine Stunde war ich dort. Durch die lange Pause hatte ich leider viel an Leistung eingebüßt. Das hatte ich eigentlich auch erwartet. Das war mir klar. Ich musste einfach wieder öfter dorthin gehen. Das hatte ich mir auch fest vorgenommen.

Eine wohlige Wärme der Muskulatur nach dem Training spürte ich wieder wie früher. Das Dehnen der Muskeln war die Ursache. Das sollte ich wieder regelmäßig machen. Ich spürte, dass es mir wirklich guttat.

×

Ich ging aus dem Studio und stand auf der Straße. Ich schaute umher. Das Parkhaus war gegenüber. Autos fuhren langsam die Straße entlang.

Ich spürte plötzlich richtig Hunger. Ich sollte jetzt

etwas essen. Wohin gehen? Es musste schnell gehen, ich wollte in kein Restaurant.

Ich beschloss zum Brunnenwirt zu gehen. Dort gab es die beste Currywurst der Stadt. Der Imbiss war am Rand des

Rotlichtviertels. Ich bestellte und schaute mir die Typen an. Es war wie immer. Alle genossen ihre Currywurst und sprachen wenig. Das war mir recht. Ich stellte mich dazu. Ja, hier gab es wirklich die beste Currywurst der Stadt.

„Ich probiere immer wieder auch woanders. Aber das kannst du total vergessen. Eine Frechheit, was anderswo angeboten wird!"

Ich nickte und begann zu essen.

Er hatte Recht! Diese Currywurst hier war wirklich köstlich!

Irgendwann war alles aufgegessen!

„Tschüss, bis zum nächsten Mal", sagte ich und machte mich auf den Heimweg.

Vielleicht war sie ja schon wieder zurück? Ich würde gleich nach ihr schauen, wenn ich zu Hause angekommen war.

×

Schnell ging ich die Treppe hoch und schloss die Wohnungstür auf.

Sollte ich als erstes zu ihr hinüberschauen? Ich war bereits am Fenster. Aber alles war dunkel. Sie war noch nicht zurück. Sie war tatsächlich ausgegangen.

War ich jetzt nervös? Hatte sie doch einen Freund? Wer weiß! Ich musste mich jetzt irgendwie ablenken. Ich räumte meine Sporttasche aus. Meine Gedanken waren ständig bei ihr. Sie beschäftigte mich total. Wie sollte das weitergehen? Ich schüttelte den Kopf über mich.

Eigentlich hatte ich auch schon wieder Hunger. Ich könnte mir doch noch etwas Schönes auf den Grill legen, Tomaten in Scheiben schneiden und ein paar Salatblätter auf den Teller dazulegen.

Ich ging also wieder auf die Loggia und schaltete den Automatik-Grill ein.

Die Kontrollanzeige blinkte nun in pink. Nachdem ich die Tomaten zubereitet hatte, sah ich nach dem Grill.

Die Anzeige hatte aufgehört zu blinken. Also war der Grill jetzt betriebsbereit. Ich klappte deshalb den Grill auf. Jetzt konnte ich mein Steak auf die heiße Platte legen.

Ich klappte dann den Grill wieder zu. Sofort wurde die Lampe blau und bekam zunehmend einen grünlichen Farbumschlag. Nach einem erneuten Signalton wurde die Lampe dann gelb.

Jetzt musste ich aufpassen, denn je dunkler nun die Farbe wurde oder wenn gar noch eine Rotkomponente hinzukam, desto durchgebratener war dann das Fleisch.

Das Gelb wechselte nun ins Orange.

Jetzt war es höchste Zeit, den Grill abzuschalten und das Fleisch zu entnehmen. Salz, ein bisschen Olivenöl, dann die Grillsauce dazu und fertig war das Ganze.

Gedankenversunken aß ich.

Den Tomaten fehlte es noch etwas an Geschmack, obwohl sie toll ausgesehen hatten.

Ein Glas Rotwein würde jetzt auch gut dazu passen. Aber dazu hätte ich ja jetzt in den Keller gehen müssen und das wollte ich gerade nicht. Also musste der Wein noch warten.

Später ging ich dann doch noch nach unten in den Keller, um eine Flasche zu holen.

Der Vorrat war jetzt wirklich sehr zusammengeschrumpft. Ich würde neuen Wein bestellen müssen.

×

Nachdem ich alles wieder aufgeräumt hatte, schaute ich nochmals hinüber und dann traute ich meinen Augen nicht. Ich hatte ja noch nicht viel Wein getrunken. Aber, was ich jetzt sah war schon richtig aufregend. Ich war wirklich nicht betrunken!

Sie saß auf ihrem Sofa und hatte nur noch den BH und den Slip an. Das sah wirklich gut aus! Jetzt bekam ich wirklich alles zu sehen. Jetzt durfte ich nichts mehr verpassen! Ich starrte hinüber.

Hei, was war passiert? Für wen hatte sie sich jetzt denn eigentlich ausgezogen? Bekam sie jetzt gleich Besuch? Ihr Freund? Oder?

Für mich etwa?

Jetzt kam ich natürlich nicht mehr vom Fenster weg!

Da saß sie und was machte sie eigentlich die ganze Zeit auf ihrem Sofa. Sie hielt ihr Handy in der linken Hand und tippte etwas hinein. Wem schrieb sie eine Nachricht? Also war sie jetzt offenbar alleine zu Hause, oder? Ich stand am Fenster und schaute hinüber. In der Hand hielt ich noch mein Weinglas. Aber es war inzwischen leer. Ich hatte es vor Aufregung Schluck für Schluck ziemlich rasch ausgetrunken.

Dann stand sie auf und begann neben dem Sofa Gymnastik zu machen. Das war jetzt für mich kaum mehr auszuhalten. Es sah einfach toll aus, was sie da machte. Hoffentlich hörte sie nicht so bald wieder auf!

Jetzt wurde es aber noch viel aufregender!

Sie trainierte ihre Arme. Sie rotierte in den Schultern, dann nahm sie die Arme über den Kopf. Sie beugte sich seitwärts, dann nach hinten und dann wieder nach vorn.

Sie präsentierte mir ihren Oberkörper, danach ihr Gesäß. Was hatte das jetzt alles zu bedeuten? Hatte sie mich doch gesehen?

Ganz unmöglich! Das konnte nicht sein!

Ich drückte mich noch stärker gegen die Wand, sie konnte mich jetzt wirklich nicht sehen. Das war nun völlig unmöglich.

Aber sie machte weiter. Jetzt nahm sie auch noch die Beine hoch. Zuerst das linke, dann das rechte. Sie spreizte die Beine ab. Ich wagte kaum mehr zu atmen, so aufregend war diese Vorstellung für mich.

Ich blieb am Fenster stehen. Ich konnte nicht mehr weg. Paul Busch, atme ruhig!

Ich wollte jetzt alles sehen. Ich wollte mir nichts entgehen lassen. Vielleicht zog sie noch den Rest ihrer Kleider aus. Streifte so ganz beiläufig ihren BH ab? Oder zog ihren Slip aus? Sie tat es nicht, aber ich fand das auch so in Ordnung. Das musste sie nicht für mich machen. Ich war auch so von ihr begeistert. Diese Frau sah umwerfend aus und wohnte gegenüber von mir! Ich konnte es nicht glauben.

Sie sollte mir auch nicht jetzt schon alles offenbaren. Ein paar Geheimnisse sollte sie noch behalten dürfen. Nur so konnte die Spannung weiter hochgehalten werden.

Ich schaute wieder hin und sah gerade noch, wie sie im Badezimmer verschwand. Jetzt ging sie bestimmt zum Duschen und bereitete sich zum Schlafen vor.

Das würde sicher noch etwas dauern, In dieser Zeit konnte ich meine Küche aufräumen und den Müll nach unten bringen.

Als alles fertig war und ich wieder zurückkam, war ihre Wohnung schon dunkel. Sie hatte inzwischen alle Lampen abgeschaltet und war bestimmt dann auch bereits zu Bett gegangen.

Das sollte ich auch tun. Morgen war ein neuer Tag.

×

In der Nacht schlief ich unruhig. Ich träumte von ihr. Wir machten beide Gymnastik. Irgendwann schmerzten mir dann zu sehr die Arme. Sie war ja eigentlich viel beweglicher als ich. Sie kreiste auch mit ihren Hüften, ich kam kaum nach. Am Schluss nahm ich sie in den Arm und wir küssten uns.

Ich wachte auf. Aber ich lag alleine im Bett. Sie war nicht da.

Also, was sollte das alles? Ich sollte wirklich jetzt viel gelassener werden. Mit mir schien ständig die Phantasie total durchzugehen. Ich sollte diese Frau in Ruhe lassen und mich mehr auf das neue Projekt Boran-3 mit Ben und Davide konzentrieren.

Ich war ja jetzt wirklich total zum Spanner geworden. Wenn das herauskam! Ich konnte mich ja nirgendwo mehr sehen lassen.

Bald schlief ich dann doch wieder ein. Es gab dann keine weiteren Träume mehr.

×

Am Morgen klebte mir die Zunge am Gaumen. Ich hatte großen Durst. Also stand ich auf und ging in die Küche, um etwas Wasser zu trinken. Ich ging zurück ins Wohnzimmer und zum Fenster und schaute dann hinüber.

Sie frühstückte gerade und saß dabei am Tisch. Sie löffelte etwas aus einer Schale. Müsli oder Joghurt. Das konnte ich aus der Entfernung natürlich nicht genau sehen. Und sie las gleichzeitig. Sie blätterte in einem Heft. Vielleicht eine Zeitschrift oder ein Prospekt? Dann stand sie auf, und sie hatte heute einen Trainingsanzug an. Sie stand neben dem Sofa. Wieder trainierte sie ihre Arme. Diesmal waren es Hanteln, die sie in den Händen hielt. Sie sahen alle sehr schwer aus. Eigentlich viel zu schwer für sie. Ich hatte kein gutes Gefühl dabei.

Warum hatte sie denn überhaupt so schwere Hanteln? Warum trainierte sie nicht mit leichteren? So machte sie doch ihre Muskeln kaputt, anstatt sie aufzubauen. Jetzt legte sie die Hanteln zur Seite und stützte sich mit den Händen an der Rückenlehne des Sofas ab. Dann stemmte sie sich hoch. Sie hob ihren ganzen Körper nur mit der Kraft der Arme in die Höhe, so weit, bis die Arme gestreckt waren. Ihre Beine standen gerade.

So langsam, wie sie sich hochgestemmt hatte, ließ sie sich auch wieder herunter.

Dann legte sie das Kinn auf die Brust und blieb einen Moment so stehen. Dann hob sie den Kopf und ich hatte plötzlich das

Gefühl, dass sie mich ansah. Ich trat sofort wieder einen Schritt zurück. Ja, sie blieb stehen und richtete ihren Blick auf mein Fenster. Jetzt hätte sie nur noch winken müssen, dann wäre es offensichtlich gewesen, dass sie mich meinte. Sie senkte den Kopf wieder und schwenkte ihn auf die linke Seite. Ich hatte nun ihr Profil. Der Nasenrücken war eine Gerade und die Nase war eher klein. Sie hatte wirklich ein sehr schönes Gesicht. War es das, was mich so bei ihr so anzog?

Wahrscheinlich, war es das!

Mein Blick ging an ihr herunter. Auch hier sah alles sehr gut aus. Wow, was war das für eine Frau, die nun gegenüber von mir eingezogen war? Dieser Gedanke kam mir immer wieder.

Wie konnte ich sie kennen lernen? Was musste ich tun?

Ich beschloss, mir nun auch etwas zum Frühstück zu machen. Vielleicht auch ein Müsli. Es gab noch einen kleinen Rest Milch. Ich musste später also dringend zum Einkaufen gehen.

Den ganzen Tag verbrachte ich in der Stadt. Ich besuchte dort meinen Bruder, den ich lange nicht mehr gesehen hatte.

Danach besorgte ich meinen Einkauf. Diesmal war es ziemlich viel. Der Kühlschrank war doch schon recht leer gewesen.

×

Als ich wieder nach Hause kam, schaute ich gleich zu ihr hinüber.

Sie saß immer noch am Tisch. Sie war aber gerade dabei aufzustehen. Sie klappte gerade ihren Laptop zu. Was kam als nächstes? Ich wartete gespannt.

Dann ging sie zum Lichtschalter, knipste das Licht im Wohnzimmer aus und ging in Richtung Schlafzimmer. Dort brannte noch ein schummriges Licht.

Noch an der Tür zog sie sich ihr Sweatshirt über den Kopf. Darunter trug sie nichts. An der Tür zum Schlafzimmer blieb sie dann einen Moment lang stehen. So, als wollte sie mir jetzt noch mehr von sich zeigen.

Natürlich war das totaler Quatsch! Paul Busch, reiß dich zusammen!

Sie wollte sich nur noch etwas strecken nach der sportlichen Betätigung.

Nun zog sie das Sweatshirt ganz aus und löschte dann auch sofort das Licht. Dann war alles dunkel und ich sah nichts mehr von ihr.

×

Ich wollte noch nicht zu Bett gehen. Ich war viel zu aufgeregt. Sicherlich konnte ich jetzt auch nicht sofort einschlafen. Ständig musste ich an sie denken. Würde ich sie jemals richtig kennen lernen?

Irgendwie war ich doch betrübt. Ich konnte mir nicht vorstellen, wie das gehen sollte. Wie sollte ich sie jemals kennenlernen?

Wir waren zwar beide ganz in der Nähe, aber dann doch ziemlich weit voneinander entfernt.

Ich hier, sie dort.

Irgendwann schlief ich dann doch ein und träumte wild. Ich traf sie vor dem Haus und sprach sie an. Sie lächelte freundlich. Sie schien mich bereits zu kennen. Ich war ihr schon ziemlich vertraut. Sie legte ihren Arm auf meinen und zog mich zu sich heran.

Wir waren uns wirklich schon sehr vertraut. Es stand nichts zwischen uns. Dann löste sie sich wieder von mir. Sie winkte mir zu und verschwand im Haus.

Ich stand dann alleine davor. Sie kam nicht wieder zurück!

Also ging ich wieder über die Straße zurück in meine Wohnung.

Oben stand ich wieder am Fenster und schaute zu ihr hinüber. Aber sie war nicht da. Ich sah sie nicht. Ich konnte ihr nicht einmal mehr zuwinken. Also trat ich zurück. Dann schlief ich tief und fest.

×

Heute kam meine Putzhilfe!

Das fiel mir sofort ein, als ich aufwachte.

Ich würde meine Wohnung verlassen müssen, damit sie wirklich in Ruhe arbeiten konnte.

Ich zog mich also an und ging in mein Lieblingskaffee. Die Croissants waren hier köstlich. Ich trank zwei Tassen Espresso dazu.

Die Bedienung empfahl mir dieses und jenes. Aber mein Hunger war nicht so stark.

Danach ging ich noch in mein Lieblingsmusikgeschäft. Dort gab es CDs aller Musikrichtungen.

Ich liebte Jazz, aber auch die klassische Musik.

Omer Klein, Alexandra Lehmler und Lyambiko, ich hatte sie alle im BIX gehört.

Ich stöberte weiter im großen Fundus.

Die Klaviertrios von Haydn. Ich liebte sie. Auch die von Schubert und Beethoven. Irgendwann würde ich alle sechs Streichquartette von Beethoven nacheinander hören. Das würde aber drei volle Stunden dauern, und das war wahrscheinlich nicht auszuhalten.

Eigentlich wollte ich nur die Atmosphäre in diesem Laden genießen. Diese geballte Musik an einem Ort versammelt.

Ich lächelte der Frau an der Kasse zu und ging dann wieder hinaus.

Ich hatte die schönsten Sachen ja bereits zu Hause. Diese wollte ich alle erst einmal wieder hören, bevor Neues hinzukam.

Die Bücher? Aber da war es ähnlich.

Es gab viele ungelesene Bücher in meinen Regalen. Die wollte ich auch erst einmal näher ansehen und das eine oder andere dann auch wirklich lesen.

Ich ging ins oberste Stockwerk und besuchte meine Bücher.

Ja, es war tatsächlich so, denn dort lagen immer ein paar meiner Patientenratgeber aus. Ich betrachtete sie immer wohlwollend.

Auch heute.

Würden die denn eigentlich noch gekauft? Waren sie denn überhaupt noch auf dem neuesten Stand? Sollte ich sie nicht lieber überarbeiten? Neue Bilder hinzufügen? Oder auch neue Kapitel schreiben?

Aber ich hatte ja jetzt keine Zeit dafür! Es gab ja jetzt ein neues Projekt. Wieder mit Ben und Davide. Die Bücher mussten noch warten.

Die Bücher wurden sicherlich noch gekauft, denn sonst hätte man sie ja alle bestimmt schon längst weggeräumt. Es standen auch noch welche im Regal. Nicht alle, aber die wichtigsten. Ich war zufrieden. Ich ging einen Stock tiefer.

Einen neuen Kalender?

Später, das hatte noch Zeit!

Langsam ging ich wieder die Treppe hinunter und stand schließlich wieder auf der Straße. Ich kaufte noch ein paar Lebensmittel ein und ging dann wieder nach Hause.

×

In den nächsten Tagen saßen wir beide oft gleichzeitig am Laptop oder am Rechner und schrieben. Diese Übereinstimmung war schon ziemlich ungewöhnlich. Das verband uns aber. Immer wieder schaute ich zu ihr hinüber, aber sie saß dann ebenfalls noch am Tisch und arbeitete.

Wann würde sie aufhören?

Nein, sie saß immer noch da, als ich wieder zu ihr hinübersah. Sie hörte gar nicht mehr auf zu arbeiten. Ich hatte Lust raus zu gehen, aber solange sie arbeitete, traute ich es mir einfach nicht. Also setzte ich mich wieder hin und arbeitete unverdrossen weiter.

Ich hatte gute Ideen zum Element Bor. Seine Wirkung zum Vitamin D und zum übrigen Stoffwechsel. Das würde Ben und Davide sicherlich gut gefallen. Ich schrieb und schrieb und vergaß alles um mich herum. Es war kein Stress, nein, ich fühlte mich wohl. Es machte mir auch wirklich Spaß.

Ich schaute gelegentlich wieder zu ihr hinüber, aber sie saß immer noch da und arbeitete. Machte sie jetzt Überstunden? Hatte sie ein Home-Office? Arbeitete sie von zuhause aus? Möglicherweise war das so. Aber das war ja heutzutage nichts Besonderes mehr. Immer mehr Büros wurden aufgelöst und die Leute arbeiteten dann tatsächlich von zu Hause aus. Das dachte ich so für mich, als ich wieder einmal zu ihr hinübersah.

War sie eigentlich einsam? Sie hatte ja überhaupt keine Ansprache! Niemand schien sich um sie zu kümmern.

So stand ich am Fenster und schaute hinüber. Versonnen und nachdenklich. Ganz in Gedanken.

Dann wurde ich plötzlich von meinen Gedanken total abgelenkt. Etwas stimmte dort drüben im ersten Stock nicht mehr.

Jetzt sah ich es!

Die pflegebedürftige Frau saß mit herabhängendem Kopf in ihrem Rollstuhl. Sie bewegte sich nicht mehr. Sie reagierte auch nicht, als ihr Mann auf sie einsprach.

Sie brauchte jetzt Hilfe! Sollte ich 112 anrufen?

Ihr Mann war inzwischen ans Telefon geeilt und sprach in den Hörer. Dann legte er auf. Er hatte sicherlich gerade einen Notfall gemeldet

Was war eigentlich genau passiert?

Dann hörte ich es auch schon. Es war das Einsatzsignal des Notarztes. Sie hielten bereits vor dem Haus an und sprangen aus dem Wagen. Ich schaute wieder zur Frau im Rollstuhl gegenüber. Sie hatte sich die ganze Zeit nicht wieder bewegt.

Jetzt stand der Notarzt neben ihr.

Die typischen Handgriffe, dann wurde sie aus dem Rollstuhl gezogen und auf den Boden gelegt. Sie begannen mit der Reanimation. Der Notarzt intubierte sie und sie wurde beatmet. Die Herzmassage lief routiniert ab. Mehrfach wurden über einen Venenzugang Medikamente verabreicht.

Die alte Frau bewegte sich aber nicht mehr! EKGs wurden geschrieben und Elektroschocks gegeben, aber sie konnten sie nicht mehr ins Leben zurückholen.

Sie blieb am Boden liegen und einer der Sanitäter legte dann eine Decke über sie. Jetzt war klar, dass sie endgültig verstorben war.

Der alte Mann saß auf einem Stuhl neben ihr. Er schien abwesend zu sein. Er schaute zu, wie das Rettungsteam seine Ausrüstung wieder zusammenpackte.

Dann stand er auf und sprach mit dem Notarzt. Ich hatte das Gefühl, dass er sich nochmals bei ihm erkundigte, was überhaupt passiert war. Dieser erklärte ihm die Situation.

Seine Frau war tot!

Er hatte sie jahrelang gepflegt. Eine Aufgabe für ihn gab es nun nicht mehr.

Wie würde es nun mit ihm weitergehen?

Innerhalb weniger Minuten hatte sich sein Schicksal gedreht. So war das Leben angelegt. Jahrelang passierte nur wenig und dann plötzlich war alles auf einen Schlag anders.

×

Ich beobachtete alles ganz genau. Ich war ein stiller Zeuge. Ich wandte mich aber dann doch ab. Ich war innerlich traurig. Aber ich konnte nichts dagegen tun.

Ich schaute wieder zu ihr hoch. Sie saß nicht mehr am Tisch. Der Laptop war zugeklappt.

Wo war sie?

Ich sah sie nicht. War sie in der Küche oder im Bad? Oder war sie aus dem Haus gegangen und ich hatte es nicht bemerkt? Ich stand da und schaute hinüber. Es passierte nichts. Also war sie weg. Schade, dachte ich, gerne hätte ich sie noch weiter angesehen.

Sollte ich jetzt zu Luisa gehen? Ich könnte doch mit ihr wieder reden! Ich hatte mich ja so plötzlich von ihr nach dem Galeriebesuch verabschiedet.

Ich traf sie in der Bar O.N.. Es war heute ziemlich viel los und es war auch sehr laut dort. Sie hatten einen Diskjockey, der Musik von Vinylplatten abspielte.

Sie strahlte mich an.

Wir umarmten uns und ich spürte ihren Körper. Sie zitterte leicht. Ich schaute sie an. Ja, sie sah sehr gut aus und sie war auch wirklich gut gelaunt. Sie lachte mich an.

Ich bestellte einen Gimlet.

„Das mache ich gerne für dich!", sagte sie und lächelte mich weiter dabei an.

Gimlet ist ein klassischer Cocktail. Der Drink besteht aus lediglich zwei Zutaten: Gin und Lime Juice. Der Gimlet wurde zuerst gegen Ende des 19. Jahrhunderts in der britischen Royal Navy getrunken, blieb aber außerhalb Englands lange bedeutungslos. Bekannter wurde er dann als Lieblingscocktail von Philip Marlowe, einer Romanfigur von Raymond Chandler.

Ernest Hemingway dagegen hatte ihn nicht gemocht. Wahrscheinlich war er ihm zu sauer. Er liebte ja besonders den Rum!

Während „Marlowe's Gin Gimlet" gleiche Teile Gin und Lime Juice vorsah, wird heute meist ein größerer Anteil an Gin empfohlen. Der Drink wird dadurch trockener und schmeckt bei Verwendung eines guten Gins klarer. Andererseits lässt sich ein guter Lime Juice nicht ohne weiteres durch frischen Limettensaft und Zuckersirup ersetzen, ohne den Charakter des Cocktails zu verändern. Der Drink wird überwiegend auf Eis gerührt, kann aber auch in einem Cocktail-Shaker geschüttelt werden und wird dann entweder in einem kleinen Tumbler auf frischem Eis oder ohne Eis in einer vorgekühlten Cocktailschale serviert.

Sie brachte den Cocktail und setzte sich dann zu mir.

Vorsichtig legte sie ihren Arm um meine Schulter.

Ich küsste sie sanft auf ihren Mund. Sie sagte nichts. Sie schaute mich nur an. Ihre Augen flackerten wieder etwas. Dann fuhr sie mir über das Haar und stand dann aber wieder

auf. Sie war dann wieder hinter ihrer Theke und bereitete weitere Cocktails zu.

Ich saß alleine und schaute umher.

Leute kamen und gingen. Sie waren überwiegend jung. Sie schauten sich zunächst um. Der Eingangsbereich war riesig. Es gab dort viel Platz.

Ich nahm das Handy aus der Tasche und schaute mir die Fußballergebnisse des Abends an. Es gab keine Überraschungen, also konnte ich das Handy bald wieder abschalten.

Ich schaute wieder zu Luisa, aber sie war beschäftigt und bereitete weiter Cocktails für die neuen Gäste zu. Ich hörte, wie sie das Eis schüttelte. Sie hatte Kraft. Gleichzeitig gab sie kurze Anweisungen an ihr Personal.

Dann saß sie plötzlich wieder neben mir. Sie küsste mich und ich wusste jetzt, dass wir nachher beide zusammen hier weggehen würden.

×

Die Nacht verbrachte ich also nicht alleine, sondern ich war bei ihr. Erst am frühen Morgen verließ ich sie dann und kam wieder bei mir zuhause an.

Sie war sehr liebevoll gewesen, aber ich dachte immer wieder an meine neue Nachbarin. War sie wieder zurück? Arbeitete sie etwa schon wieder? Es lenkte mich etwas ab. Eigentlich eine schwierige Situation. Sorry Luisa!

Wieder schaute ich aus dem Fenster, aber das ganze Haus war noch dunkel. Vielleicht war es ja auch noch zu früh. Alle schliefen ja noch.

Die alte Frau musste jetzt nicht mehr gepflegt werden und der alte Herr musste jetzt auch nicht mehr so früh aufstehen. Vielleicht war er auch gerade bei seinen Kindern, um nicht in der Wohnung alleine sein zu müssen.

Auch der Computerfreak unter dem Dach saß nicht an seinem PC. Vielleicht musste der ja irgendwann auch einmal ins Bett, und das war heute wohl der Fall gewesen.

Aber die Italiener waren doch sonst so früh morgens schon wach und tranken ihren Espresso gestikulierend. Heute allerdings nicht. Heute war auch dort alles noch still. Aber es war ja auch noch sehr früh am Tag. Wahrscheinlich schliefen sie ja noch.

Meine beiden Männer schienen auch nicht da zu sein. Vielleicht hatten sie Frühdienst oder waren gestern Nacht erst spät heimgekommen.

Und der Sportler? Der hatte den Fensterladen unten und ich konnte deshalb nicht in sein Zimmer hineinsehen.

Verträumt stand ich an meinem Fenster und der neue Tag begann. Es zeigte sich die Sonne und der Himmel war klar und hell. Irgendwann ging ich ins Bad, um mich zu duschen und zu rasieren.

Danach ging ich wieder zurück zum Fenster und dann saß sie auch wirklich am Tisch und arbeitete wieder. Irgendwie war ich erleichtert. Sie war wieder da!

Sie war schon sehr fleißig. Diese schöne junge Frau schien kaum Freizeit zu haben. Sie hatte auch keinen Liebhaber. Irgendwie war das alles schon etwas seltsam.

So stand ich da und sinnierte vor mich hin. Sie trank wieder aus ihrer Tasse. Ruhig klopfte sie die Buchstaben in den Laptop. Nichts brachte sie aus der Ruhe. Ihr Haar war hinten gebunden. Sie hatte wieder ihren Hausanzug an.

Alles war also so wie immer!

×

Gerade wollte ich mich vom Fenster wegdrehen, als ich plötzlich etwas Neues beobachtete. Etwas Weißes stieg hinter ihrem Haus in die Höhe. Es wurde immer mehr und teilweise war es dann plötzlich auch richtig grau. Was war das?

Plötzlich wusste ich, was das zu bedeuten hatte. Es war Rauch und irgendetwas hinter ihrem Haus brannte gerade.

Um Gotteswillen! Sie war in Gefahr! Sie konnte dadurch verletzt werden oder gar noch Schlimmeres konnte jetzt geschehen.

Ich war jetzt total aufgeregt! Mein Herz pochte. Ich begann zu schwitzen.

Ich musste sie jetzt sofort warnen, bevor ich dann die Feuerwehr alarmieren würde.

Ich öffnete mein großes Fenster und winkte zu ihr hinüber. Aber sie sah natürlich nichts, und sie arbeitete weiterhin konzentriert an ihrem Laptop.

Es musste jetzt aber etwas geschehen! Es musste mir jetzt schnell etwas einfallen. Ich musste sie warnen! Sofort!

Ich ging zurück ins Schlafzimmer, knüpfte den Bezug von einem Kissen ab und ging wieder zum Fenster zurück. Ich öffnete das Fenster und streckte dann den Kissenbezug aus dem Fenster hinaus.

Damit wedelte ich vor meinem Fenster herum und hoffte, dass sie es sehen würde.

Und tatsächlich, sie stand auf und kam auch an ihr Fenster. Sie öffnete es und winkte zu mir herüber. Ich deutete aufgeregt über sie hinweg und brüllte Rauch. Ich sah dann, wie ihre Lippen das Wort Rauch wiederholten.

Mir kam dann eine neue Idee.

Ich holte ein großes Stück Papier aus dem Schrank und schrieb meine Handynummer darauf und hielt es dann im geöffneten Fenster hoch.

Sie ging zum Tisch und zehn Sekunden später klingele es bei mir.

„Hier ist Anna Renz, was ist passiert?"

„Es brennt hinter Ihrem Haus! Sie sind in großer Gefahr!"

Sie kam wieder zum Fenster zurück und blickte zu mir herüber. Das Handy hielt sie noch immer am Ohr.

Dann war es schon zu hören, das Signal der Feuerwehr. Und es kam ziemlich schnell näher.

Ich konnte jetzt erkennen, dass es nicht ihr Haus war, das brannte, sondern das Haus dahinter. Es stand etwas zurückgesetzt. Mehrere Fahrzeuge der Feuerwehr hielten an und die

Feuerwehrleute sprangen heraus. Sie öffneten seitliche Klappen an den Fahrzeugen und rollten Schläuche zum Haus. Alles geschah sehr professionell. Gleich würde das ganze Wasser auf das Haus gespritzt werden.

Ich deutete mit der Hand an, dass ich auf die Straße gehen würde. Und schloss dann mein Fenster.

Als ich unten war, ging ich rasch über die Straße und wartete vor der Haustüre, bis sie herunterkam.

Ich schaute gerade noch zu meinem Fenster hoch, als sie plötzlich vor mir stand. Sie hatte fast meine Größe. Ihr Mund war groß und mir fielen zuerst ihre schönen weißen Zähne auf. Sie lächelte mich an. Sie hatte ihren Hausanzug an. Ihre Füße steckten in kleine Schläppchen.

„Ich heiße Anna Renz", sagte sie und gab mir die Hand.

„Paul Busch", sagte ich und lächelte ebenfalls.

„Wir sollten jetzt nachsehen, wie die Rückseite ihres Hauses aussieht!"

Sie nickte und wir gingen über den Hof zum Nachbarhaus, um das sich inzwischen die Feuerwehrleute aufgestellt hatten. Sie hielten immer noch die Schläuche in ihren Händen.

Im obersten Stockwerk sah man jetzt ein schwarzes Fenster, aus dem noch ein wenig Rauch aufstieg. Das Fenster stand offen und ein Feuerwehrmann schaute heraus. Alle Nachbarn waren jetzt auf der Straße und beobachteten diese Aktion.

Wir blickten zurück und sahen, dass ihr Haus unversehrt war. Es war also nichts passiert. Ich war erleichtert.

Ich drehte mich gerade wieder um und sah, dass einer der Feuerwehrleute „Vorsicht!" brüllte und eine verkohlte Matratze aus dem Fenster warf. Die hatte also Feuer gefangen. Das hätte aber auch schlimmer ausgehen können.

Wir schauten uns an.

„Danke", sagte sie, „dass Sie so schnell reagiert haben. Hier leben doch wirklich sehr aufmerksame Nachbarn! Das beruhigt mich doch sehr."

Ich nickte und dachte daran, dass ich sie ja schon seit Tagen beobachtet hatte.

Wir standen nebeneinander. Die Feuerwehr begann bereits ihre Ausrüstung schon wieder einzupacken. Der Brand war also unter Kontrolle.

Es bestand nun keine Gefahr mehr.

Ein Fahrzeug der Feuerwehr setzte sich bereits schon wieder in Bewegung und fuhr zurück zur Feuerwache.

Niemand war verletzt worden. Alle hatten Glück gehabt.

Das Sanitätsfahrzeug fuhr ebenfalls wieder zurück.

Eigentlich konnten wir wieder zurückgehen. Ich schaute sie an.

Sie lächelte mich an.

„Wir könnten bei mir noch einen Espresso trinken", sagte sie zu mir.

„Gerne!" sagte ich.

Wir gingen also wieder ums Haus herum und standen dann vor ihrer Haustüre.

Sie schloss auf, ließ mich eintreten, und wir gingen zusammen die Treppen hinauf.

Dann waren wir vor ihrer Wohnungstüre angekommen und sie ließ mich hinein.

×

Innen war alles aufgeräumt. Wir setzten uns an den Tisch, an dem sie normalerweise arbeitete. Sie ging in die Küche und kam mit zwei Espressotassen wieder zurück.

„Ich habe auch noch Kekse", sagte sie und lächelte mich an. Sie stellte den kleinen Teller neben meine Tasse.

Ich saß da und wusste nicht, was ich nun sagen sollte. Sie war die Traumfrau und ich konnte gerade nichts sagen. Es war verrückt, aber ich konnte es nicht ändern.

Langsam fand ich dann doch meine Gelassenheit wieder. Mein Herz wurde ruhiger. Das lag wahrscheinlich auch an ihr, denn sie schien die Situation unter Kontrolle zu haben. Sie führte jetzt gerade Regie. Aber, das war mir ganz recht so.

Sie setzte sich neben mich und begann einfach das Gespräch.

„Sie haben schon früh den Rauch gesehen?"

„Ja", sagte ich. „Plötzlich war er da, und ich wollte Sie warnen."

„Sie können alles natürlich viel besser überschauen als ich", sagte sie. „Ich war ja so beschäftigt, ich habe das ja gar nicht richtig mitbekommen."

Da hatte sie recht. Außerdem stand ich ja die ganze Zeit am Fenster und hatte sie beobachtet. Davon sagte ich natürlich nichts.

„Ich bin Ihnen ja so dankbar", sagte sie. „Alles hätte ja viel schlimmer sein können. Wir hatten ja so viel Glück." Sie strahlte mich erneut an und ich schmolz dahin. Ich war der Held!

Schön, wie sie das sagte. Sie war sehr freundlich zu mir. Sie sagte nichts darüber, dass sie womöglich bemerkt hatte, dass ich sie schon die ganze Zeit beobachtet hatte. Still trank ich meinen Espresso. Ich war nun mal kein guter Unterhalter. Smalltalk lag mir einfach nicht. Das hatte sie bestimmt auch schon bemerkt. Aber, es schien ihr überhaupt nichts auszumachen.

Ich hatte meinen Espresso jetzt ganz ausgetrunken. Eigentlich hätte ich ja jetzt gehen können. Ich wollte sie aber wiedersehen. Dann kam mir die Idee. Ich nahm jetzt meinen ganzen Mut zusammen.

„Gerne würde ich Sie zu einem Abendessen einladen. Würde es Ihnen gefallen, wenn wir zu meinem Lieblingsitaliener gingen?"

Sie lächelte mich wieder an.

„Gerne!", sagte sie sofort. Irgendwie hatte sie diese Frage schon erwartet. Das kam mir einfach plötzlich so in den Sinn.

„Ich habe in den nächsten Tagen nicht so viele Termine wie sonst."

Hui, sie wollte mich also auch wiedersehen! Sie wollte mit mir ausgehen! Ich schaute sie an. Sie sah toll aus. Sollte ich nicht gleich hierbleiben? Ich schloss die Augen und atmete tief ein.

Nein, ich konnte jetzt nicht mehr länger bleiben. Ich musste sie jetzt wieder alleine lassen. Sie drehte sich um und riss von ihrem Manuskript einen Zettel ab.

Darauf schrieb sie: annarenz@rondo.de.

„Für unseren Termin!"

Sie lächelte wieder als sie mich anschaute und senkte die Augenlider etwas.

Ich nahm den Zettel und stand auf. Langsam gingen wir zusammen zur Wohnungstür. Mit der rechten Hand streifte sie dabei leicht meinen linken Unterarm. Ich ging zur Treppe, drehte mich dort um und winkte ihr. Sie winkte zurück und schloss dann die Türe. Langsam ging ich die Treppe hinunter.

Dann über die Straße und hoch in meine Wohnung. Sollte ich gleich wieder ans Fenster gehen und nach ihr schauen? Vielleicht fühlte sie sich dann doch zu sehr beobachtet. Also dann lieber jetzt doch nicht. Irgendetwas anders tun? Die Wohnung aufräumen, in die Zeitung schauen, die Post durchsehen oder ähnliches. Das Bett könnte jetzt vielleicht auch mal wieder einen neuen Bezug bekommen. Also los! Fange ich dort an!

Später war mir klar, warum ich zuerst an das Bett dachte. Aber, so ist es eben.

In der Post lagen Schriftstücke, die zum Verkauf unseres Patents an den Pharmakonzern Novachemos gehörten. Ich holte den Ordner und heftete sie alle ab. Sie waren von unserem Anwalt abgesegnet, also musste ich mich jetzt nicht extra darum kümmern.

Irgendwann hielt ich es aber nicht mehr aus und ging zum Fenster. Aber sie war nicht da. Vielleicht hatte sie ja Termine, besuchte ihre Eltern oder eine Freundin. Schade, ich hätte vielleicht doch nicht gehen sollen. Wir hätten gleich etwas zusammen unternehmen können.

Aber ich war einfach gegangen. Ich Trottel! Diese Frau einfach alleine zu lassen. Das ging gar nicht. Ich hatte jetzt wahrscheinlich alles vermasselt. Sollte ich mich gleich entschuldigen? Nein, wofür auch? Cool bleiben!

Nicht unbedingt, dafür war diese Frau jetzt einfach viel zu wichtig für mich geworden.

Ich stand am Fenster und schaute hinaus. Die Feuerwehrleute waren inzwischen alle wieder weggefahren. Die Bewohner mussten jetzt ihre Wohnung total renovieren.

Keiner der Mitbewohner gegenüber schien etwas vom Feuer im Nachbarhaus mitbekommen zu haben. Aber vielleicht waren sie ja auch gar nicht alle hier gewesen, als die Feuerwehr kam.

Gedankenversunken stand ich da und schaute hinüber.

Eigentlich hatte ich jetzt auch Hunger. Ich ging in die Küche und machte mir ein Sandwich. Die Tomaten waren auch heute wieder nicht sehr aromatisch.

Danach hatte ich plötzlich doch Lust, ihr eine E-Mail zu schreiben.

×

Ich schaltete meinen PC an.

Der Rechner fuhr hoch.

Mit Thunderbird verwaltete ich meine E-Mails. Ich gab ihre Adresse ein.

Was wollte ich ihr eigentlich schreiben? Was wäre jetzt wichtig?

Ich dachte nach. Dabei schloss ich die Augen. Ich sah sie vor mir stehen. Sie lächelte mich wieder an. Sie sagte nichts. Sie drehte sich etwas zur Seite und ich konnte ihr Profil erkennen. Dann zeigte sie mir ihre Schulter, dann den Rücken.

Ich öffnete die Augen wieder.

Zuerst bedankte ich mich für den Espresso. Ich lobte ihn, ohne zu schleimig zu wirken, jedenfalls hoffte ich es. Dann fügte ich an, dass ich froh sei, dass das Feuer so rasch unter Kontrolle gebracht werden konnte. Danach erklärte ich, dass ich mich freue, sie kennengelernt zu haben und gerne auch schon morgen mit ihr zum Lieblingsitaliener gehen würde. Wenn ihr das aber zu schnell ginge, würde ich auch an jedem andern Tag mit ihr ausgehen. Dann bot ich ihr an, mich einfach Paul zu nennen.

Und dann schickte ich die Mail ab und hätte am liebsten schon nach einer Minute eine Antwort von ihr gehabt.

×

Ich musste mich ablenken. Also ging ich raus. Spazieren. Ich lief durch die Straßen, schaute in die Einfahrten und in die Hinterhöfe und kam dann irgendwann wieder zuhause an.

Heute nahm ich den Aufzug, der vor über 35 Jahren an das alte Haus angebaut worden war und ging rasch in meine Wohnung zurück. Hatte sie sich denn schon gemeldet?

Ich fuhr den Rechner hoch.

„Hallo Paul, morgen um 19:00 Uhr passt mir sehr gut. Ich freue mich! Dann bis morgen! Anna."

So einfach war das! Unglaublich! Ich würde diese tolle Frau schon morgen wiedersehen!

Schon morgen hatten wir das Date. Ich jubelte! Anna und ich beim Italiener! Ich setzte mich hin und trank erst ein großes Glas Wasser.

„Ich freue mich auch!", antwortete ich schnell.

×

Ich war gelassen. Aber doch gleichzeitig auch ziemlich aufgeregt.

Am nächsten Vormittag war zunächst die Besprechung mit Ben und Davide. Darauf wollte ich mich noch besser vorbereiten. Ich hatte vor, meine Ergebnisse zum Bor noch etwas ausführlicher darzustellen.

„Das neue Medikament gegen Entzündungen!" So lautete der Titel.

Ich beschloss, gleich damit zu beginnen. Das wollten die beiden sicherlich morgen schon ganz genau von mir wissen.

Kein Problem, das würde ich gut hinbekommen. Bor war die Erweiterung zum Vitamin D. Wir machten da weiter, wo wir zuletzt aufgehört hatten. Am Vitamin D-Rezeptor nämlich. Dort wurde die Entzündung reguliert und bisher war nicht klar gewesen, was das Bor dort eigentlich machte. Es aktivierte das Vitamin D, über das wir so erfolgreich geforscht hatten. Ich legte alle meine Skripte um mich herum und öffnete meine Dateien auf dem Rechner.

Bor war ein chemisches Element mit dem Elementsymbol „B" und der Ordnungszahl 5. Das wussten beide sicherlich schon. Das dreiwertige, seltene Halbmetall kam in Form seiner Sauerstoffverbindungen als Borax vor.

Bor existierte in mehreren Modifikationen.

Amorphes Bor war ein braunes Pulver. Im Altertum brauchte man Bor zur Glasherstellung. Bor war fast so hart wie ein Diamant. Bor brannte mit grüner Flamme. Bor war ein Spurenelement, das unter anderem einen positiven Einfluss auf Knochenstoffwechsel und Gehirnfunktion hatte. Das wollten wir zeigen und nutzbar machen.

Eine Studie hatte mich damals neugierig gemacht. Gab man Männern täglich mindestens drei Milligramm Bor, dann stieg das freie Testosteron um circa 30 % an, die weiblichen Hormone der Männer halbierten sich nahezu und die Entzündungswerte gingen deutlich zurück.

Also Bor! Aber wie konnte das funktionieren?

Aber Bor half auch den Frauen!

Auch ihre Hormone stiegen an. Wie sollte das überhaupt funktionieren? Das Bor-Atom war sehr klein und hatte deshalb ein sehr gutes Durchdringungsvermögen im Gewebe. Bor war der Gegenspieler des Aluminiums.... Ich schrieb und vergaß alles um mich herum.

Spät in der Nacht war ich dann fertig.

Bevor ich den Rechner herunterfuhr, warf ich noch einen Blick auf meine E-Mails. Sie hatte sich nochmals gemeldet. Ich war aufgeregt. Mein Herz fing an zu schlagen.

„Du warst heute gar nicht mehr am Fenster! Musstest du denn viel arbeiten? Bis morgen!"

Wie? Was!? Woher wusste sie das? Hatte sie mich also doch gesehen? Ich war tatsächlich heute nicht mehr am Fenster gewesen! Die Arbeit hatte mich davon abgehalten.

Aber ihre Art zu reagieren, auch mit ein bisschen Ironie, gefiel mir sehr gut. Ich musste lachen. Diese Frau war wirklich interessant für mich!

Ich stand auf und trat ans Fenster. Aber jetzt war bei ihr schon alles dunkel. Sie war also doch schon schlafen gegangen. Es war ja auch schon spät oder auch früh, wenn ich auf die Uhr schaute. Ich sollte jetzt lieber auch zu Bett gehen. Ich sollte ja auch meinen Schlaf bekommen.

Nicht zu lange arbeiten! Früh zu Bett zu gehen! Das waren doch die Strategien zur Vermeidung des Burnouts, die ich in der Klinik gelernt hatte!

Wieder träumte ich wilde Sachen. Ich war mit Anna unterwegs.

Es regnete stark. Wir mussten den Wagen auf den Standstreifen stellen, denn die Wischerblätter konnten die Scheibe nicht mehr frei machen. Da standen wir und sie erzählte mir Geschichten aus ihrem Leben. Ich nahm sie in den Arm und wir warteten auf besseres Wetter.

×

Der Wecker klingelte. Ich musste aufstehen, denn heute war unser Meeting. Bor und Vitamin D war das Thema. Wir wollten uns in Bens Labor treffen. Es gab dort Sitzungsräume mit allen technischen Möglichkeiten.

Ich stellte das neue Konzept vor.

Es gab keine Einwände. Alle waren damit einverstanden. Bor und Vitamin D. Das würden wir weiterentwickeln und es dann wieder der Pharmaindustrie anbieten. Vielleicht waren wir wieder genauso erfolgreich wie jetzt gerade. Das wäre natürlich großartig. Aber ich durfte nicht wieder die gleichen Fehler machen. Ich musste gelassen bleiben. Das war das Wichtigste. Ich durfte nicht wieder in ein Burnout kommen. Das musste unbedingt vermieden werden. Ich musste alles dafür tun. Das sagte ich mir erneut, als wir auseinander gingen.

In einer Woche würden wir uns schon wieder treffen und alles von Anfang an neu arrangieren. Das Zentrum war Bens Labor. Ich war der gedankliche Zulieferer und Davide der Vermarkter. Wir waren das Trio.

Die eigentliche schöpferische Arbeit kam also wieder von mir. Ich war zuständig für die neuen Ideen. Ich musste also alles liefern!

Die anderen machten die Umsetzung und die Vermarktung. Das hatte bisher immer sehr gut funktioniert. Wir waren uns immer einig gewesen. Nur durch unsere Zusammenarbeit konnte das alles auch so funktionieren. Wir konnten stolz auf uns sein. Wir mussten so weitermachen. Nur so konnte es sich wirklich weiterentwickeln.

Einen Espresso und einen Keks dazu. Fertig! Wir verabschiedeten uns.

Alle kannten die Spielregeln. So waren wir erfolgreich. Bestimmt würde es nochmals funktionieren, Wir waren alle davon überzeugt. Alle lächelten sich an. Wir umarmten uns.

Dann kam ich wieder zuhause an.

Bis zum Treffen mit Anna hatte ich noch vier Stunden. Eine kurze Ruhe in der Badewanne. Das würde ich so machen. Der Badezusatz versprach Entspannung. Das wollte ich jetzt wirklich genießen.

Fast wäre ich aber in der Badewanne dann doch eingeschlafen. Aber ich wachte wieder rechtzeitig auf.

Jetzt musste ich mich aber trotzdem beeilen. Ein frisches Hemd. Den hellen Sommeranzug. Die eleganten Schuhe. Dann aber los.

Ich war fertig und beschloss ans Fenster zu gehen und zu schauen.

Wie weit war sie?

Sie saß auf ihrem Sofa und hatte noch ihren Hausanzug an.

Wie? Was?

Diese Frau hatte wirklich die Ruhe weg!

„Aber Anna, jetzt musst du dich aber beeilen!" sagte ich zu mir selbst. Ich trat näher ans Fenster. Vielleicht konnte sie mich ja jetzt sehen.

Sie stand auf und winkte mir zu.

Ich winkte ihr zurück.

Sie zeigte auf ihr Schlafzimmer und verschwand dann dort.

Also nun würde es sicherlich nicht mehr lange dauern, bis sie fertig war.

Was könnte ich solange tun?

Ich beschloss noch die Spülmaschine auszuräumen. Der Müll müsste auch wieder einmal entsorgt werden. Also stellte ich ihn vor die Wohnungstüre. Ich schaute auf die Uhr. Noch 15 Minuten! Sollte ich wieder hinüberschauen?

Nein, ich wartete noch. Sie sollte jetzt nicht unter Druck gesetzt werden.

Ich ging noch in die Loggia. Die Pflanzen brauchten dringend auch noch etwas Wasser! Ich goss sie vorsichtig. Nur ganz wenig, damit keine Überschwemmung entstand. Wieder blickte ich auf die Uhr. Es war jetzt genau 19:00 Uhr. Ich eilte zum Fenster und sah hinüber.

Da stand sie ausgehfertig. Ich gab ihr dann ein Zeichen, dass ich nach unten käme.

×

Ich eilte nach unten, sprang über die Straße und klingelte bei ihr. Aber sofort öffnete sich die Haustüre und sie stand vor mir.

Sie trug ein Kleid. Nicht zu kurz. In der Hand hielt sie ein Jäckchen. Die Schuhe hatten relativ hohe Absätze und sie strahlte mich an. Sie sah umwerfend aus. Mit so einer Frau auszugehen, war der Traum eines jeden Mannes.

Ich nahm ihre Hand und hielt sie fest.

Und jetzt?

„Ach!" Ich fasste mir an den Kopf.

Ich hatte in der Aufregung völlig vergessen, ein Taxi zu bestellen. Mit meinem Auto zu fahren, das wollte ich nicht, denn ich hatte vor, mit ihr Champagner zu trinken.

„Anna, ich freue mich sehr auf den Abend. Aber das Taxi fehlt noch!"

Ich nahm mein Handy und gab die Telefonnummer der Taxizentrale ein.

„Bitte ein Taxi!"

„Es kommt", sagte die Dame.

Und tatsächlich stand nach einer Minute das Taxi schon neben uns. Ich hatte ihre Hand gar nicht mehr losgelassen.

Sie hatte wenig gesagt. Eigentlich hatte sie gar nichts gesagt. Sie hatte mich nur lächelnd angesehen.

Wir saßen schließlich dann doch im Taxi.

Ich nannte den Namen des Restaurants und der Fahrer fuhr los. Es war eigentlich nicht weit. Nach fünf bis sechs Minuten waren wir bereits dort.

Das Restaurant befand sich am Rande der Fußgängerzone. Das Taxi durfte also nicht direkt vor der Türe anhalten. Wir gingen deshalb zu Fuß das kurze Stück bis zum Eingang.

Der kleine Hof war jetzt fast leer. Nur zwei Raucher standen da und unterhielten sich. Dort konnte man im Sommer sehr schön außen sitzen.

Dann ging es ein paar Stufen hoch. Als wir dort anlangten, wurde von innen die Türe sofort geöffnet und der Padrone selbst begrüßte uns herzlich.

×

„Guten Abend! Signorina! Buona sera, Signore Busch! Schön Sie wieder bei uns zu sehen!"

Er gab uns beiden die Hand. Dann begleitete er uns an den Tisch. Wir saßen im hinteren Drittel. Anna hatte den Überblick, ich saß mit dem Rücken zum Eingang. Jedem von uns gab er die Speisekarte, mir zusätzlich auch noch die Weinkarte. Wir bestellten einen Aperitif. Es gab Champagner!

Der Padrone schenkte ein und reichte uns dann die Gläser.

Ich hob mein Glas und lächelte sie an. Sie nickte mir zu. Jetzt saßen wir an einem Tisch zusammen.

„Zuletzt war ich hier, als wir unseren Erfolg gefeiert hatten. Leider war ich davor ziemlich krank geworden. Die Arbeit hatte mich völlig aufgefressen. Die Ärzte sagten, ich hätte ein Burnout gehabt."

Warum erzählte ich ihr das überhaupt. Sie wollte bestimmt keinen kranken Mann. Diese Frau war völlig gesund. Ich ärgerte mich nun über mich selbst.

Sie reagierte nicht darauf. Sie lobte den stilvollen Raum und die geschmackvolle Einrichtung. Sie strahlte mich an.

„Ich bin jetzt aber richtig hungrig!" sagte sie und klappte die Speiskarte zu. Sie wollte also sofort bestellen.

„Prima!", sagte ich. „Von mir aus kann es auch sofort losgehen".

Vincenzo kam an unseren Tisch. Die Bestellung nahm er wie immer mit seinem Füllfederhalter auf. Jeder bestellte eine Vorspeise und ein Hauptgericht. Beim Nachtisch wollten wir noch abwarten. Vielleicht passte ja später gar nichts mehr rein. Aus der Weinkarte suchte ich einen leichten Weißwein aus.

Jetzt waren wir wieder alleine. Ich schaute sie an. Sie sah entzückend aus. Das Haar war glatt. Sie hatte einen schönen Mund mit kräftigen Lippen. Die Nase war zierlich.

„Ich freue mich sehr, dass wir zusammen den Abend verbringen können", sagte ich.

Sie lächelte.

„Du wirst sehen, das Essen ist ausgezeichnet. Seine Schwester Rosa ist die Küchenchefin. Sie ist eine Perfektionistin. Es wird dir gut gefallen."

Nun entstand eine Pause, weil jeder sich Gedanken machte, was er fragen sollte. Es gab ja viel zu fragen, weil keiner den anderen wirklich kannte. Und zu neugierig wollte auch keiner sein.

„Du wohnst noch nicht lange hier?", begann ich mutig.

„Ja!", sagte sie. Ich bin ja erst vor etwa zwei Wochen eingezogen. Vorher hatte ich am Stadtrand gewohnt. Aber die Fahrt zur Arbeit war mir einfach zu lange, und so bin ich näher ins Zentrum gezogen. Jetzt komme ich zu Fuß zu meiner Arbeitsstelle."

Es entstand wieder eine Pause.

„Ich wohne jetzt schon seit acht Jahren hier. Alles ist mir inzwischen sehr vertraut geworden

. Ich wohne gerne hier. Alles ist gut zu erreichen und doch ist es auch ruhig hier. Zumindest auf der Rückseite des Hauses, wo alles ziemlich verwildert ist. Das ist schon ungewöhnlich so mitten in der Stadt. Aber der Hang darf nicht bebaut werden, weil er rutschen könnte. Die wenigen Häuser, die dort stehen, sind alle illegal gebaut worden."

„Hinter deinem Haus ist alles bewaldet, oder? Ich habe einmal nach hinten geschaut. Dabei habe ich gesehen, dass zwischen den Bäumen versteckt noch ein paar Häuser stehen."

„Ja, das ist tatsächlich so. Alles ist grün von den vielen Bäumen und Sträuchern. Auf meinem Balkon ist es wie in einem Baumhaus im Dschungel. Wenn du dort sitzt, ist alles grün unter dir. Du kommst bald einmal vorbei und ich zeige dir dann alles."

Sie lächelte mich weiter an.

„Meine Wohnung ist klein, aber es reicht mir. Eine große Wohnung muss ja auch geputzt werden und dazu habe ich ja gar keine Zeit."

Sie hatte Recht. Ich konnte mir ja immerhin Emelia leisten, die einmal in der Woche kam und dann alles sauber machte und auch die Wäsche wusch. Da hatte ich es ja auch wirklich gut.

„Aber, Du kannst sicherlich auch von zuhause arbeiten?" fragte ich vorsichtig.

„Ja, ich muss nur zwei- bis dreimal in der Woche ins Büro. Sonst arbeite ich von zuhause aus. Die Kanzlei hat das alles recht gut organisiert."

Der kleine Gruß aus der Küche kam nun. Es gab endlich etwas zu essen. Es war ein Schälchen mit Kartoffelschaum mit winzig kleinen Trüffelstückchen. Es schmeckte wirklich köstlich. Wir probierten den Wein. Er war leicht und fruchtig.

„Du sagtest, dass du ausgebrannt gewesen bist. Was war die Ursache?"

Oh je, jetzt musste ich ihr doch alles erzählen. Eigentlich wollte ich ja gar nicht mehr darüber sprechen. Aber, sie wollte es wissen. OK, ich konnte ihr jetzt alles erklären.

„Ich hatte halt sehr viel gearbeitet. Zusammen mit meinen beiden Partnern Ben und Davide. Wir hatten ein Forschungsprojekt. Wir hatten dabei eine sensationelle medizinische Entdeckung gemacht. Tag und Nacht saß ich daran. Ich hatte in dieser Zeit kaum Schlaf. Aber, es ist uns gelungen, unsere Ergebnisse zu vermarkten. Das heißt, wir haben unser Patent an die Pharmaindustrie verkauft. Als alles vorbei war, war ich krankenhausreif. Dorthin bin ich ja dann auch gegangen. Und so langsam habe ich mich danach auch wieder erholt. Aber, es hat mehrere Monate gedauert. Jetzt weiß ich besser über die Gefahren Bescheid und kann nun auch früher dagegen steuern."

Das musste ihr doch gefallen! Ich hatte dazugelernt. Ich hatte alles unter Kontrolle!

Sie sagte nichts mehr dazu. Sie ließ alles erst einmal auf sich wirken.

Jetzt kam die Vorspeise! Jeder konzentrierte sich wieder auf das Essen. Wein wurde vom Padrone selbst wieder nachgeschenkt.

Es waren dünne Spaghetti mit Venusmuscheln. Perfekt gekocht mit feiner Soße und den Muscheln dazu. Es war wirklich köstlich. Es gab nichts dagegen zu sagen. Das Essen sprach für sich.

Erst als die Teller leer waren, war wieder Platz für ein weiteres Gespräch.

Vincenzo persönlich schenke uns dann noch etwas Wein nach.

Jetzt musste ich auch mehr über sie erfahren!

„Ist deine Arbeit sehr anstrengend und macht sie dir auch Spaß?" begann ich sie zu fragen.

Die Sprache war etwas holprig. Das merkte ich gleich.

„Ich arbeite ja in einer Anwaltskanzlei. Ich muss mich in bestimmte Themen einarbeiten und dann meinem Chef berichten. Er entscheidet dann, was dem Kunden dann vorgestellt wird. Ich habe eine Weile gebraucht, um zu verstehen, wie er denkt und wie sein Weltbild aussieht und was machbar ist und was gar nicht geht. Aber jetzt weiß ich es und es funktioniert so ganz gut. Dabei hat mir auch sehr geholfen, dass er mir seine Frau vorgestellt hat. Und ich habe auch seine beiden Kinder kennengelernt. Bitte denke jetzt nicht, dass ich nun Teil seiner Familie geworden bin. Das nicht, das geht ja auch nicht und das will ja auch niemand. Aber ich kenne ihn jetzt sehr gut. Nicht, dass du jetzt denkst, wir hätten Sex miteinander gehabt. Natürlich nicht. Aber wir nennen uns beim Vornamen und siezen uns gleichzeitig. Das schafft eine gewisse Vertrautheit, aber die Distanz wird dennoch eingehalten."

Sie sprach sehr offen zu mir und sie konnte scharf analysieren. Das fand ich doch erstaunlich. Nicht, dass ich Frauen generell die Fähigkeit zur Analyse absprechen wollte, aber es war doch nicht so häufig, dass jemand so klar analysieren konnte. Zumindest war dies meine Erfahrung bisher gewesen.

„Manchmal drängt die Zeit und ich muss mich dann zusätzlich reinhängen. Aber nach einem Projekt lässt er mir dann immer ein paar Tage Zeit, was ganz anderes zu tun. Wegzufahren oder einfach auszuspannen. Erst dann beginnen wir die nächste Aufgabe. Das hat sich bewährt. Man braucht einfach Zeit, um das Alte abzuschließen. Und um dann etwas Neues zu beginnen."

Wie sie das sagte! Diese Frau war klug. Das wusste ich jetzt. Ich nickte. Ja, so war es. So funktionierte die Welt. Auch ich hatte das inzwischen selbst kapiert.

Jetzt kam das Hauptgericht!

Es war ein großer Fisch, ein Wolfsbarsch in einer Salzkruste. Vincenzo zeigte ihn uns stolz und begann dann an einer seitlichen Anrichte den Fisch zu zerlegen und auf zwei Teller zu verteilen. Dann hatte jeder seinen Teller vor sich und konnte beginnen. Der Fisch schmeckte köstlich. Es gab auch Gemüse und Kartoffeln dazu.

Vincenzo fragte, ob wir zufrieden sind und schenkte wieder den Weißwein nach. Wir konnten nur nicken, denn wir hatten gerade beide den Mund voll. Langsam leerte sich der Teller. Dann war schließlich alles aufgegessen.

Ich schaute sie an. Gerade hatte sie sich mit der Serviette den Mund abgewischt. Sie strahlte.

„Noch nie habe ich so einen guten Fisch gegessen", sagte sie. Ich lächelte sie an und nahm einfach ihre Hand. Jetzt war die Verbindung wichtig. Sie strahlte mich an. Das gefiel ihr. Das war für sie nicht selbstverständlich.

„Ja, du hast Recht, diese Küche ist von einem anderen Stern. Es ist Rosa, die alles macht. Wir müssten nachher in die Küche gehen und Rosa umarmen. Vielleicht können wir das noch machen."

Dann kam das Tiramisu. Und zusätzlich ein Espresso. Das Essen war wie eine Oper von Giuseppe Verdi. Egal welche! „Don

Giovanni" fiel mir ein, aber die war ja von Mozart. Aber egal. Das Finale stand bevor. Und wir waren dabei.

Wir gingen als letzte aus dem Restaurant.

Vincenzo kam, um uns zu verabschieden.

„Gerne würden wir auch Rosa „Ciao" sagen."

„Ich hole sie!" sagte er.

Und dann kam sie. Sie hatte noch das weiße Häubchen auf.

Ich nahm sie in den Arm. Wir lachten.

„Rosa, Danke für das gute Essen!"

„Grazie!", sagte sie etwas schüchtern und gab uns zum Abschied die Hand. Vincenzo begleitete uns hinaus. Wir standen dann draußen. Wir waren jetzt wieder auf dieser Erde angekommen.

×

Es war schon recht kühl. Ich nahm Anna an der Hand, und wir gingen ein Stück durch die Fußgängerzone.

„Danke, für den schönen Abend. Es hat mir sehr gut gefallen. Kein Mann hat mich bisher so ausgeführt! Danke!"

Sie küsste mich auf die Wange und ich nahm sie in den Arm. War es jetzt passiert?

Was würde als nächstes geschehen?

Ich war erstaunlich gelassen.

Wir gingen zu Fuß weiter in eine kleine Bar. Sie war ganz unscheinbar gelegen. Man konnte sie leicht verfehlen. Nur Insider kannten sie. Es gab nur ganz wenige Plätze an und gegenüber der Bar. Sie lag versteckt an einer der Hauptdurchgangsstraßen der Stadt. Sie war eingerichtet wie zu Zeiten der Prohibition in Amerika. Damals durfte eine Bar von außen nicht erkennbar sein. Alkohol war ja verboten.

Alle schauten auf uns, als wir eintraten. Sie lächelten uns zu. Wahrscheinlich lag es an der Schönheit von Anna. Ich stand etwas hinter ihr.

„Wollt ihr an die Bar oder aufs Sofa?"

Wir setzten uns aufs Sofa.

Anna bestellte einen Cocktail mit Rum und ich einen mit Gin. Der Bar-Tender stellte sich vor und bot uns seine Hilfe an.

Wir bedankten uns und warteten dann auf die Drinks.

Der Drink schmeckte köstlich. Aber wir spürten beide dann doch etwas den Alkohol.

Annas Cocktail war mit Zuckerwatte geschmückt. Immer wieder musste sie die Fäden von ihrem Kleid wischen. Bei mir lag ein Keks mit etwas Quittengelee auf dem Glas.

Anna lachte und ich natürlich auch.

Später stiegen wir dann in ein Taxi ein und fuhren zurück. Wir kamen zuhause an. Das Taxi hielt vor ihrem Haus. Ich gab dem Fahrer das Geld und wir stiegen aus und ich begleitete sie zur Haustüre.

Dort verabschiedeten wir uns.

Ich küsste sie und sie schmiegte sich an mich. Dann war sie rasch im Hauseingang verschwunden. Ich schaute ihr nach.

Dann war sie weg! Ich hatte sie nicht aufgehalten!

Ich drehte um, ging über die Straße und schloss die Haustüre auf. Der Aufzug brachte mich nach oben. Ich öffnete die Türe und ging in die Wohnung.

Das Licht war hell. Ich schaltete es dann ganz schnell wieder aus.

Sollte ich wieder ans Fenster?

Ich ging hin.

Dort stand sie und winkte mir zu. Ich machte es ihr nach und winkte ihr auch. Dann verschwand sie im Badezimmer. Und ich beschloss, auch schlafen zu gehen.

×

Wieder träumte ich sehr lebhaft. Ich war mit Anna zusammen. Ich fühlte mich gut. Wir mussten dann lachen und ich nahm sie in den Arm. Sie fühlte sich weich und schmiegsam an.

×

Ich wachte auf. Gestern war ich mit Anna aus!

Das fiel mir sofort wieder ein. Wo war sie gerade? Zuhause? Im Büro? Oder?

Ich schaute an die Wand. Dort hing das neue Bild. Es gehörte mir! Ein Impressionist. Eine Flusslandschaft. Hell, klar und mit leuchtender Farbe gemalt. Ich hatte das Bild ersteigert. Es war in Wirklichkeit ein Vielfaches mehr Wert. Aber ich hatte es gesehen und wollte es haben, weil es so schön war. Es gehörte jetzt mir. Ich freute mich. Täglich schaute ich es an. Es hing in meinem Schlafzimmer.

Ich musste nun aufstehen. Der neue Tag hatte begonnen.

Ich ging dann erstmal ins Badezimmer, um zu duschen. Dann schaute ich weiter, was der Tag mir bringen würde. Ich wollte ihn ruhig angehen. Nichts überstürzen. Ich war gestern mit der tollsten Frau aus und alles war gut verlaufen. Wir würden uns sicher wiedersehen, davon war ich überzeugt.

Danach machte ich mir einen Espresso und setzte mich an den Schreibtisch. Dann sah ich mir meine E-Mails durch. Ich hatte eine E-Mail von ihr. Ich klickte sie an und öffnete sie.

„Hallo Paul, wir hatten einen so schönen Abend zusammen. Es war so schön mit dir. Du bist sehr fürsorglich, vielleicht hat das mit deinem Beruf zu tun. Ich fühle mich sehr gut bei dir. Du tust mir wirklich gut. Das habe ich sofort gespürt. Ich würde gerne wieder mit dir zusammen sein. Melde dich doch einfach wieder bei mir. Anna".

Ja, so ging es mir ja auch. Ich wäre ja auch wieder gerne bei ihr.

Ich schrieb:

„Hallo Anna, vielen Dank für deine Mail. Mir geht es wie dir. Es wäre schön, wenn wir uns bald wiedersehen könnten. Morgen gibt es ein tolles Konzert in meinem Jazz-Club. Da könnten wir hingehen. Wir beide zusammen? Andrè Weiß und Ksenija

Siderova. Es beginnt zwar etwas spät, aber es könnte dir gefallen. Ich hole dich ab. Morgen um 20:00 Uhr?"

Ich schickte die Nachricht ab. Dieses Konzert war sicherlich etwas Besonderes. Ich freute mich darauf.

Sie musste am Rechner gesessen haben, denn die Antwort kam prompt.

„Super, ich komme mit!"

Morgen würde ich sie also wiedersehen. Ich war richtig aufgedreht bei dem Gedanken. Aber, was machte ich nur bis dahin? Wie konnte ich mich ablenken?

Mir fiel ein, dass ich dringend einkaufen musste. Alles war am Ausgehen. Ich schaute in den Kühlschrank und ins Regal. Ja, hier bedurfte es dringend Nachschub.

Im Laden traf ich Oswald.

Wir waren Kollegen, hatten uns aber schon einige Zeit nicht mehr gesehen. Er war sehr klug, aber wenig experimentierfreudig.

Er hatte mir damals geholfen, als ich meine erste Stelle antrat. Er war bereits schon sechs Monate da und kannte die Besonderheiten. Immer konnte ich zu ihm kommen und ihn fragen, immer gab er mir bereitwillig Auskunft. Er wusste immer alles. Das half mir damals sehr. Immer wieder hatten wir uns später getroffen. Nach so langer Zeit machte er aber immer noch dasselbe. Er hatte immer noch die gleiche Anstellung.

Wie ein Fels in der Brandung! Ja, so war er!

Ich war damals nach fünf Jahren gegangen und wollte etwas Neues beginnen. Ich scheiterte danach leider und wäre gerne wieder zurückgekommen. Zurück ins vertraute Nest! Aber es ging nicht mehr. Und wenn ich ehrlich war, dann wollte ich es ja auch nicht wirklich. Also musste ich mir etwas Anderes suchen. Aber auch das war nur eine kurze Zwischenstation. Dann kam ich dorthin, wo ich immer noch bin. Ich forsche und versuche die Ergebnisse weiterzugeben. Das hatte bisher immer gut geklappt.

„Hallo Oswald, wie geht's?"

„Gut! ich kann nicht klagen. Es läuft alles gut. Mein neuer Chef gibt mir alle Freiheiten. Ich habe immer noch meinen eigenen Bereich. Das macht Spaß. Die Bezahlung stimmt. Ich kann gut davon leben. Alles ok!"

Ich erzählte nichts von meinem Burnout. Männer zeigen keine Schwächen. Er hatte mich nicht gefragt, wie es mir ginge, also sagte ich auch nichts darüber.

Wir klopften uns auf die Schultern und verabschiedeten uns wieder.

Ich holte meinen Einkaufszettel und startete los.

Die Taschen waren voll. Der Kühlschrank würde jetzt platzen. Ich fuhr nach Hause.

Nachdem alles eingeräumt war, ging ich ans Fenster und schaute zu ihr. Sie saß wieder an ihrem Arbeitstisch und schrieb am Laptop. Sie war voll konzentriert und ließ sich nicht ablenken. Ich stand am Fenster und beobachtete sie. Sie bemerkte mich nicht. Zumindest tat sie so, als würde sie mich nicht sehen.

Ich ging in die Küche, holte mir ein Glas Wein und ging wieder an Fenster.

Sie schrieb immer noch. Sie tippte und bewegte die Maus.

Dann sah sie auf, blickte zu mir her und winkte. Sie machte mir ein Zeichen, ich solle aufpassen. Dann hielt sie ein großes Stück Papier hoch auf dem stand:

„Danke!" und „Bis Morgen!"

Dann nahm sie einen dicken Filzschreiber und malte ein Herz darunter.

Ich lächelte sie an.

Diese Frau war großartig. Morgen würde ich wieder mit ihr ausgehen.

Ich schaute sie wieder an. Sie nahm den rechten Arm hoch und winkte. Ich winkte zurück. Dann ging ich wieder in die Küche und aß dort ein Stück Brot.

Als ich zurückkam war sie weg, der Laptop war zugeklappt.

Also würde ich dann nun auch zu Bett gehen.

×

Ich hatte tief geschlafen und natürlich auch wieder viel geträumt. Ich war in meinem Jazz-Club und schaute auf die Bühne. Ksenija spielte Akkordeon. Das schwere Instrument hatte sie vorne umgehängt. Sie spielte virtuos. Die Begleitband lieferte die Akkorde. Sie hielt das Publikum in Atem. Der letzte Ton und alle klatschten heftig. Dann kam sie von der Bühne und hielt an meinem Tisch an. Ich stand auf und gab ihr die Hand. Das war ihr zu wenig. Sie neigte sich vor und küsste mich auf die Wange. Ich küsste sie ebenfalls, dann ging sie weiter. Die Hintergrundmusik ging an und auch das Licht wurde heller. Sie ging zurück zu ihrer Band und war dann im Getümmel der Zuhörer verschwunden.

×

Heute Abend würde ich mit Anna ausgehen!

Das waren meine ersten Gedanken als ich aufstand. Ich ging zum Fenster und schaute hinüber. Sie saß schon da und arbeitete wieder an ihrem Laptop. Sie war wieder ganz in ihre Arbeit versunken.

Nachdem ich mir einen Kaffee geholt hatte, stellte ich mich wieder ans Fenster und beobachtete sie. Sie hatte einen hellen leichten Morgenmantel an. Die Füße konnte ich nicht erkennen, weil die unter dem Tisch verborgen waren. Dann stand sie auf und ging in die Küche. Sie hatte sich einen Espresso geholt. Und kam zurück. Sie hatte nichts an unter dem Morgenmantel. Das sah man beim Gehen.

Sie nahm wieder Platz vor dem Laptop. Ich hatte meine Tasse auch leer getrunken und ging auch wieder in die Küche, um meine Tasse erneut zu füllen. Wieder stand ich am Fenster. Sie nahm plötzlich ihren Kopf hoch und schaute mich an. Hatte sie mich die ganze Zeit über denn gesehen?

Sie bewegte sich nicht und schaute auf mich. Ich sollte ihr winken! Aber genauso hätte sie auch mir winken können. Aber sie saß jetzt ganz ruhig da.

Konnte sie mich jetzt sehen oder ging das gar nicht?

Plötzlich stand sie auf und zog sie ihren Morgenmantel aus und stand splitternackt neben dem Schreibtisch.

Sie sah wirklich gut aus. Ich stand da und sah ihr zu. Sie drehte sich um und zeigte mir ihren Rücken und dann den Po. Dabei beugte sie sich etwas vor. Auch hier war alles perfekt. Sie drehte sich im Kreis. Alles an ihr war absolut großartig.

Würde sie jetzt wieder in ihren Morgenmantel schlüpfen und die kleine Vorstellung beenden?

Nein, sie setzte sich völlig nackt wieder vor ihren Laptop und schrieb weiter. Nach ein paar Minuten lehnte sie sich zurück und zeigte mir ihre Brüste. Alles sah auch hier sehr gut aus. Nein, diese Frau sah einfach toll aus. Ich hatte das Gefühl, sie wusste das auch. Sie war sich ganz sicher in ihren Bewegungen.

Ich ging an meinen Schreibtisch, holte ein großes Stück Papier, schrieb „Danke" darauf und hielt es ans Fenster.

Sie winkte mir zu. Sie stand wirklich dazu auf.

Es war überhaupt nichts Anstößiges dabei. Es machte ihr einfach Spaß. Sie stellte sich ans Fenster und war vollkommen nackt. Die Schamhaare hatte sie vollständig rasiert. So sah sie also aus. Jetzt wusste ich es.

Sie winkte mir wieder zu.

Am liebsten wäre ich jetzt zu ihr über die Straße gerannt. Aber ich tat es nicht.

Ich winkte zurück. Sie bewegte sich zwanglos. Meine Blicke schienen ihr nichts auszumachen. Ich wollte nicht mehr weg vom Fenster. Sie sah einfach super aus. Die Figur war perfekt. Das war toll, was sie mir da zeigte.

„Anna, toll siehst du aus!" rief ich. Das konnte sie natürlich nicht hören.

Ich ging dann doch ins Bad, um zu duschen. Heute Abend würden wir beide zusammen sein. Sie hatte mir alles gezeigt, jetzt lag es an mir zu reagieren. So war das immer. Letztendlich musste dann doch der Mann die Initiative ergreifen!

✕

Ich stand vor ihrer Haustüre und klingelte.

„Ich komme!" ertönte es aus der Sprechanlage. Kurze Zeit später ging die Türe auf und sie stand vor mir. Sie legte ihre Arme um meinen Hals und küsste mich.

Wou, jetzt hatte sie es aber wichtig. Ich drückte sie an mich. Es war ein gutes Gefühl. Sie hatte ein anderes Parfüm. Es roch irgendwie aufregend.

Das Taxi kam. Ich hatte es diesmal schon vorher bestellt.

Dann standen wir am Eingang zum Jazzclub. Dort saß heute Josua.

„Hallo", sagte er. „Ich habe bei den Reservierungen deinen Namen gesehen. Schön dich wiederzusehen. Ich bin nämlich nicht mehr lange da. Ich habe vor, eine Zeitlang in Neuseeland zu leben."

Dann schaute er Anna an.

„Anna, das ist Josua." Er lächelte sie an. Sie gab ihm die Hand. Ich sah, wie sein linkes Auge etwas flackerte.

Wir gingen rein. Er zeigte uns unseren Tisch. Er war in der Ecke, aber dort war der beste Platz im ganzen Lokal. Von dort aus hatte man den besten Blick. Und man war ungestört. Ich nahm ihre Jacke und brachte sie zur Garderobe. Sie schaute sich um. Viele Tische waren bereits besetzt. Die Leute tranken Bier oder Wein, einige aßen auch etwas.

„Hast du Hunger?" fragte ich sie als ich zurückkam.

„Ja", sagte sie. Ich schaute sie an. Sie saß entspannt da. Sie sah toll aus. Sie hatte ein ziemlich kurzes Kleid an. Ihr Hals war schmal, klassisch mit einer Perlenkette geschmückt und die Oberarme waren schlank und hell.

Ich gab ihr die Speisekarte. Dann lachte sie.

„Eine Currywurst mit Fritten, das würde mir heute sicher gut schmecken."

Ja, die Currywurst war hier ja auch super. Ich sah nun auch schon Jule auf uns zukommen.

„Hallo, schon was gefunden?"

Sie nahm unsere Bestellung auf.

Ich lehnte mich zurück. Anna war guter Laune. Ksenija Siderova würde ihr sicherlich gut gefallen. Sie schaute umher. Ich erklärte ihr, wie der Jazzclub entstanden war und welche Musiker in den letzten Wochen hier aufgetreten waren. Dann brachte Jule den Weißwein und kurz danach auch die Currywurst mit den Fritten. Immer wieder gab sie mir ein Stück ab. Ich nahm mir eine und dann noch eine.

Dann wurde der Beginn des Konzerts angekündigt und die Musiker betraten die Bühne.

Ksenija war noch nicht dabei. Die Band spielte zunächst Standards, aber perfekt. Es hörte sich alles gut an.

Dann kam sie mit ihrem Akkordeon auf die Bühne. Sie war bezaubernd. Sie erzählte, wie sie mit 12 Jahren Musikunterricht bekommen hatte.

Und sie begann zu spielen.

Die Melodie war getragen und voller Emotion. Sie war eine Meisterin ihres Instrumentes. Sie spielte und spielte. Die Musik traf voll mein Herz. Es kam so richtig in Schwingung. Diese breitete sich aus und mir kamen dann irgendwann doch die Tränen. Ich konnte es dann schließlich nicht mehr verhindern. Ich musste weinen. Ich streifte die Tränen mit dem Handrücken ab. Ein Mann, der bei dieser Musik weinte, das ging ja nun wirklich nicht. Ob Anna es gesehen hat?

Anna sah es nicht!

Dann kam die Band zurück.

Sie spielten nun mit Ksenija zusammen. Das Piano mit Andre Weis übernahm jetzt die Führung. Dann setzte das Schlagzeug ein und der Kontrabass gab dann dem Akkordeon den Rhythmus vor. Es war eine herrliche Musik. Melancholisch und energetisch zugleich.

Es kam dann schließlich das letzte Stück.

Die Musiker verneigten sich vor dem Publikum.

Alle klatschten im Rhythmus. Die Band kam wieder zurück.

Ein letztes Stück als Zugabe. Dann gingen sie schließlich doch von der Bühne durch die Zuhörer hindurch und sie verschwanden dann im Hintergrund.

Alle waren begeistert. Ich schaute zu Anna. Sie hatte wild geklatscht.

Dann drehte sie sich zu mir und schaute mich an. Es schien ihr gut zu gefallen, denn sie strahlte mich an. Ich nahm ihre Hand und streichelte sie vorsichtig. Ihr Blick war sanft. Sie blickte mir in die Augen, dann schaute sie wieder in die Richtung der Bühne.

Wir wollten nun gehen. Ich ließ ihre Hand los, stand auf, ging zu Jule an die Kasse und bezahlte.

„Bis zum nächsten Mal", flötete Jule. Das Trinkgeld war ordentlich.

Anna saß noch am Tisch und schaute in ihr Handy.

Sie blickte auf als ich an den Tisch kam und erhob sich.

Wir gingen zum Ausgang. Die Luft war frisch. Sie hackte sich bei mir ein und wir gingen zum Taxistand um die Ecke.

Ich nannte das Ziel und der Fahrer fuhr los. Die Stadt war leer. Es waren nur wenig Autos unterwegs. Wir kamen schnell voran. Dann standen wir wieder vor ihrem Haus und wir stiegen dann beide aus. Ich gab dem Taxifahrer das Geld.

Sie zog mich durch die Haustüre und dann waren wir in ihrer Wohnung. Wir verschwanden beide ziemlich schnell in ihrem Schlafzimmer und wir blieben dann auch einige Zeit dort.

×

Mitten in der Nacht wachte ich auf.

Ich lag nehmen ihr und ihr Atem ging regelmäßig. Sie war eine wundervolle Frau. Zärtlich, humorvoll und klug. Ich war bei ihr. Mehr brauchte es nicht.

Ich schlief gleich wieder ein. Ich träumte verrückte Geschichten. Manchmal musste ich im Schlaf auch lachen. Irgendwann wurde es hell und ich wachte auf. Ich berührte ihren Rücken. So schien es mir. Meine Hand ging weiter und weiter, aber ich spürte dann doch keinen Körper. Ich fühlte nur noch die Decke. Erschrocken schlug ich die Augen auf.

Sie war nicht mehr da! Ich lag alleine im Bett! So sah es jetzt aus!

Wie? Alleine?

Ja, ich war alleine! Ich setzte mich auf und schaute im Zimmer umher. Vor mir war ein großer Spiegel an der Wand. Ich sah mich selbst darin.

Langsam stand ich auf.

Wo war sie?

Sie war weg!

Ich ging durch die Räume. Ich stand dann am Fenster und schaute zu meiner Wohnung hinüber. Es brannte dort kein Licht und ich konnte auch von hier aus nichts erkennen. Ich würde also jetzt zu mir hinübergehen und abwarten, was weiter geschah.

Dann ging ich zurück ins Schlafzimmer und zog mich an. Ich schloss die Wohnungstüre leise und ging die Treppe hinunter.

Ich kam an den Fußgängerüberweg und drückte den Schalter. Sehr schnell wurde die Ampel grün und ich überquerte die

Straße. Ich schloss die Haustüre auf und ging zur Treppe. Dann stand ich vor meiner Wohnungstür und schloss auf.

Alles geschah wie in einem Traum. Aber ich war wach, ich träumte eigentlich nicht.

Nochmals hinlegen und noch etwas schlafen, das überzeugte mich. Also legte ich mich auf mein Bett. Ich träumte von ihr. Wir lagen beieinander. Aber dann stand sie auf und ging aus dem Zimmer. Ich war alleine. Ich schlief aber trotzdem weiter.

Dann wachte ich wieder auf. Ich ging unter die Dusche und kochte frischen Kaffee.

Was stand heute auf dem Programm?

Oh je! Heute mussten wir nochmals zu unserem Anwalt wegen des Verkaufs unserer Patente. Fast hätte ich den Termin vergessen. Da musste ich ja mit dabei sein. Nur so konnte der Vertrag überhaupt dann schließlich in Kraft treten.

Wann?

Ich schaute nach.

Der Termin war 14:00 Uhr!

Also, das würde ich locker schaffen. Vielleicht sollte ich heute dazu einen Anzug anziehen? Ich ging zum Kleiderschrank und schaute hinein. Der helle Sommeranzug wäre doch auch für heute noch passend. Keine Krawatte, die brauchte ich nicht. Dann war ich fertig. Wie kam ich in die Kanzlei?

Am besten mit dem Taxi. Keine Parkplatzsuche!

Ich rief an. In fünf Minuten könnten wir losfahren. Langsam ging ich nach unten. Das Taxi stand bereits da. Ich nannte die

Adresse und das Taxi fuhr los. Bald waren wir vor der Kanzlei angekommen.

Mit dem Aufzug ging es nach oben. Ich betrat die Kanzleiräume. Ben und Davide standen im Vorraum. Wir begrüßten uns herzlich. Der Vertreter der Pharmafirma kam auf uns zu. Er wirkte entspannt. Wir begrüßten auch ihn.

Dann kam der Rechtsanwalt und bat uns alle in sein Büro. Die Akten lagen bereits auf dem Tisch und wir nahmen Platz. Der Anwalt eröffnete das Gespräch. Er berichtete über den ausgehandelten Vertrag. Jeder musste nun seine Unterschrift unter den Vertrag setzen. Das machten wir alle. Dann gaben wir uns wieder die Hand und alles war erledigt. Der Anwalt verabschiedete uns. Wir gingen zur Tür. Dann standen wir wieder im Vorraum. Die nächste Gruppe stand dort auch schon bereit. Es war hier wohl ein ständiges Kommen und Gehen.

Wir verabredeten und zum Essen in etwa einer Stunde. Wir wollten den Tag zusammen feiern.

Dann ging ich zur Garderobe und holte meine Jacke. Ich schlüpfte in den Ärmel. Dabei drehte ich mich etwas zur rechten Seite. Eine Bürotür stand dort offen. Mein Blick fiel hinein. An einem Tisch stand eine Gestalt, die ich kannte. Ich ging ein paar Schritte dorthin, um sie besser sehen zu können. Dann war es klar. Es war Anna. Sie stand in einem roten Kleid neben dem Schreibtisch und unterhielt sich mit einem Kollegen. Ich hatte die Zimmertüre erreicht. Ich beobachtete beide. Still stand ich da.

Plötzlich drehte sie sich um und sah mich. Sie strahlte mich an. Dann kam sie rasch auf mich zu. Ihr Blick war jetzt etwas verlegen.

„Hallo Anna!", sagte ich. Sie lächelte.

„Hallo Paul!" „Ich war heute etwas spät dran!"

„Ja, ich habe es mir gedacht. Du arbeitest hier?"

„Ja, heute ist mein Bürotag."

Jetzt war ich auch etwas verlegen und wusste nicht so recht, was ich sagen sollte. Sie bemerkte es. Sie streichelte meinen Arm und kam mit ihrem Kopf ganz nahe zu mir. Dann küsste sie mich auf den Mund. „Es war schön mit dir. Ich erkläre dir alles später ganz genau. Mache dir keine Gedanken. Wir sehen uns!"

Nochmals strich sie mir mit der Hand über den Arm. Ich ging einen Schritt zurück und verabschiedete mich.

Ich verließ die Kanzlei. Der Aufzug brachte mich auf die Straße zurück.

Der Verkehr brandete um mich herum. Ich ging weiter. In einer Stunde würde ich mich mit Ben und Davide wieder beim Italiener Treffen. Ich musste mich jetzt irgendwie ablenken. Mein Lieblingsmusikladen konnte mir vielleicht dabei helfen. Ich hatte jetzt Zeit, um zu Einklang zu gehen und die neuen Jazz-Platten anzuhören. Von Michael Wollny gab es neue Aufnahmen. Ich nahm sie mit. Dann ging ich weiter durch die Stadt. Zuerst über die große Kreuzung, dann zur Fußgängerzone. Niemand kannte mich hier.

Ich sah alles wie im Film. Paul Busch, was ist mit dir los?

Anna arbeitete bei unserem Anwalt. Sie kannte alle Papiere. Sie war vollständig informiert. Und jetzt waren wir auch noch ein Liebespaar. Ich glaubte es nicht. Wie sollte ich damit umgehen. Ging das überhaupt noch? Eine Traurigkeit überfiel mich dann doch plötzlich.

Ich beschloss, den anderen zunächst nichts davon zu sagen. Ich war mir nicht sicher, wie sie es aufnehmen würden. Würde es denn dadurch Probleme geben? Nein, das nicht, aber man konnte ja nie wissen. Aber müsste ich es nicht dennoch fairerweise sagen? Ich wusste nicht, was ich jetzt tun sollte. Ich ging weiter durch die Straßen. Eigentlich hatte ich nun überhaupt keine Lust mehr, um Essen zu gehen. Ich hatte eigentlich keinen Appetit mehr. Aber ich wollte den beiden jetzt doch nicht den Tag verderben. Das wäre auch unfair gewesen nach all dem Erfolg.

Ich ging langsam weiter.

Dann stand ich vor dem Restaurant und schaute hinein. Beide saßen schon da. Sie hatten ihre Frauen dabei. Ich war wie immer solo! Ich sah Jennifer, Bens Freundin, die ich ja schon kennen gelernt hatte. Auch Sophia saß mit am Tisch.

Ich beschloss dann doch in das Restaurant hinein zu gehen und öffnete die Türe. Vincenzo kam mir wieder entgegen.

„Buona sera!" rief er.

„Hallo!" sagte ich.

„Heute alleine?" fragte er.

„Ja!" sagte ich und zeigte auf den Tisch in der Ecke.

„Ja, sie sind alle schon da!"

Ich nickte und ging zum Tisch. Ben und Davide standen auf und gaben mir die Hand. Ich begrüßte auch Sophia und Jennifer. Sie wurde mir nochmals vorgestellt. Ich lächelte etwas mühsam. Alle unterschätzten mein Gedächtnis.

Dann setzte ich mich hin. Die Unterhaltung war durch mich unterbrochen worden. Sie nahmen entweder einen Schluck aus dem Weinglas oder schauten mich an. Ich sagte nichts. Vincenzo brachte mir ein Glas Spumante und ich hielt es hoch. Dann prosteten wir uns zu. Langsam entspannte ich mich etwas.

Ich lächelte jetzt. Mein Blick traf Jennifer. Sie saß mir genau gegenüber. Sie lächelte mich freundlich an. Ich nickte ihr zu.

„Paul, wo hast du deine Freundin gelassen?"

Ich war über diese Frage überrascht, konnte aber trotzdem sofort antworten.

„Sie musste noch arbeiten, sie ist sehr beschäftigt."

Jennifer schaute mich verblüfft an.

„Schade, dass du sie uns nicht vorstellen kannst, ich gestehe es, ich war heute ziemlich neugierig auf sie."

Ich lächelte vielsagend.

„Bestimmt wird sich später noch eine Gelegenheit ergeben, sie kennen zu lernen", sagte ich und nahm mir ein Stück Brot.

Das Gespräch wurde jetzt wieder aufgenommen. Vincenzo nahm auch meine Bestellung auf. Jennifer schien sich weiter für mich zu interessieren. Sie fragte mich nach dem Vitamin D-Rezeptor.

Ich war also der Wissenschaftler, der die Fragen beantworten konnte, die sie interessierte.

Ich beantwortete natürlich ihre Fragen und schaute sie an. Sie hatte schwarze glatte Haare. Ihr Gesicht war fast symmetrisch. Die Augen klein und auch die Nase. Sie bemerkte meinen diagnostischen Blick. Sie strahlte mich an.

„Schön, dich wieder zu sehen. Ich habe dich ein bisschen vermisst. Deine Freundin lässt dich sicher nicht so oft alleine ausgehen. Ich glaube, sie passt ständig auf dich auf, oder?"

Warum sagte sie das zu mir?

Sie wollte mich wohl etwas provozieren. Sie wollte mit mir spielen. Ich ging darauf ein.

„Heute musste sie leider noch arbeiten. Aber vielleicht das nächste Mal." Mehr sagte ich nicht dazu.

„Sie ist bestimmt sehr hübsch!"

Ich lächelte Jennifer weiterhin an.

„Weil du ja auch so gut aussiehst!"

Sie gab bereits die Antwort, bevor ich eine Frage stellen konnte.

Sie bemerkte dann, dass ich gerne das Thema wechseln wollte und begann ein Gespräch mit Sophia. Ben und Davide wirkten entspannt und ausgeglichen. Ben berichtete über seine Tests, die er in den letzten Tagen durchgeführt hatte. Testosteron und Bor, Vitamin D und Bor, es hörte sich alles sehr vielversprechend an. Man konnte also gespannt sein, wie alles sich weiterentwickeln würde.

Das Essen kam, und es war wieder umwerfend. Rosa hatte wieder sehr gut gekocht. Der Fisch, das Gemüse und die Sauce, es war köstlich. Alle strahlten. Es wurde dann nur noch wenig gesprochen. Alle genossen das Essen. Immer wieder traf mich Jennifers Blick. Ich dachte immer wieder an Anna. Und wie es mit uns beiden wohl weiterginge.

Vincenzo kam wieder an unseren Tisch und erkundigte sich, ob wir mit allem zufrieden waren. Ja, klar, aber am liebsten hätten wir ihn umarmt. Er kam wieder mit kleinen Schälchen und stellte jedem eines hin. Es war ein Kugel Sorbet. Es schimmerte grünlich und stellte sich dann als Tannennadelsorbet heraus. Den Kaffee gab es zum Abschluss.

„Noch einen Drink im O.N.?"

„Gerne!"

Ohne Eile gingen wir dorthin. Schon an der elektrischen Tür sah ich, dass Luisa hinter der Bar stand. Als wir vor ihr standen, ließ sie alles stehen, kam hinter der Theke hervor und begrüßte uns. Sie nahm mich in den Arm und küsste mich.

„Paul, wo warst du! Ich habe dich so vermisst. Schön, dass du heute gekommen bist."

Auch ich freute mich sehr, Luisa wiederzusehen und drückte sie an mich. Wir setzten uns an einen der hohen Tische und bestellten die Drinks. Ich nahm wieder einen Gimlet, die anderen tranken entweder einen White Russian oder eine Pina Colada. Die Stimmung war gut, aber die Musik war heute viel zu laut, so dass wir uns kaum unterhalten konnten. Luisa kam wieder zu uns an den Tisch. Sie war gut gelaunt. Sie wollte wissen, wo wir gegessen hatten. Sie lobte uns für unseren Geschmack. Dann kam doch bei allen eine leichte Müdigkeit auf. Ich nahm Luisa in den Arm und wir verabschiedeten uns dann. Ich versprach, mich wieder bei ihr zu melden. Auch die anderen wollten doch jetzt langsam nach Hause. Ich nahm Jennifer in den Arm. Es fühlte sich mit ihr gut an.

Irgendwann war ich dann wieder zuhause. Später träumte ich von Anna.

×

Am nächsten Morgen hatte ich plötzlich das Gefühl, dass mein Burnout wieder zurückgekommen war. Alles schien ja für mich überwunden gewesen zu sein und dann war er plötzlich wieder da.

Warum?

Ich konnte nichts dagegen machen. Ich war deswegen auch leicht verzweifelt. Wie konnte das passieren? Ich hatte keine Erklärung.

Ich war doch so vorsichtig gewesen! Ich hatte doch alles getan, um wieder gesund zu werden. Ratlosigkeit befiel mich plötzlich.

Zunächst blieb ich einfach liegen. Wenn ich noch eine Runde weiterschlafen würde, dann könnte sich ja alles vielleicht doch wieder bessern. Das sollte ich jetzt nutzen. Ich schlief wieder ein und wachte erst viel später dann wieder auf. Aber es hatte sich wenig verändert. Ich war immer noch so benommen. Ich hatte kein gutes Gefühl. Ich sollte jetzt aber vielleicht doch aufstehen und mir einen Kaffee machen und etwas essen, das könnte mir vielleicht doch auch etwas helfen.

Der Kaffee tat mir tatsächlich gut. Ich hatte jetzt auch etwas Hunger und holte das Müsli aus dem Schrank. Aber dann ergriff mich plötzlich wieder erneut eine Schwere, ein dumpfes Gefühl. Ich musste mich dann doch wieder hinlegen. Ich dachte nach. Ich brauchte dringend wieder einen Termin bei meiner Therapeutin. Sie hatte mir doch bisher immer so gut geholfen! Mit ihrer Hilfe kam ich doch stets wieder aus dem Loch heraus. Das musste doch auch diesmal wieder gelingen. Ich war einfach noch nicht so richtig belastbar. Vor allem bei emotionalen Dingen brach ich sofort ein. Die Oberfläche war immer noch sehr dünn. Man durfte noch nicht allzu sehr daran kratzen.

×

Den ganzen Tag hing ich irgendwie herum. Ich brachte nichts Vernünftiges zustande. Früh ging ich dann auch wieder zu Bett.

Im Schlaf träumte ich weiter. Ich dachte weiter nach.

Warum kam ich aus dem „Ausgebranntsein" einfach nicht wieder heraus. Auch viele andere Menschen fühlten sich immer wieder überfordert.

Das gab es schon immer, schon in der Bibel wurde ja davon berichtet, im Alten Testament, bei Moses. Aber es war doch eher selten, sonst hätte man es doch nicht extra aufgeschrieben. Oder bei Shakespeare! Nein, der moderne Mensch war ganz anders belastet als in früheren Zeiten.

Herbert J. Freudenberger hatte es aber als erster auf den Punkt gebracht, als er bei einer ehrenamtlich tätigen Hilfsorganisationen durch ständige Überlastungen den körperlichen und geistigen Abbau der Teilnehmer beobachtete. Er sprach von „Staff Burn-Out". Das war damals ganz neu gewesen. Darauf hatte niemand zuvor geachtet.

Er war ja als Zwölfjähriger mit seinen Eltern vor den Nazis nach New York geflohen und wuchs auf den Straßen der Stadt auf. Er schaffte aber doch an der Universität einen Abschluss als Psychologe. Immer wieder interessierte er sich für das Leben von Obdachlosen. Zeitweise lebte er auch unter ihnen.

Sein regulärer Arbeitstag ging von 8 bis 18 Uhr. Danach arbeitete er ehrenamtlich in Spanisch Harlem und kümmerte sich um jugendliche Aussteiger. Spät am Abend fanden oft auch noch Besprechungen im Team und auch immer wieder Beratungen von Angehörigen statt.

„Je müder ich wurde, desto mehr trieb ich mich an", sagte er einmal.

Für seine Familie blieb daher wenig bis gar keine Zeit mehr. In dieser Situation fühlte sich Herbert J. Freudenberger dann zunehmend erschöpft, ausgelaugt, abgeschlagen, müde, resigniert, dabei häufig auch unausgeglichen und gereizt. Ein Zustand von totaler psychischer und physischer Erschöpfung folgte aber erst später. Seinen Kollegen erging es ähnlich, wobei dann in den nächtlichen Treffen zum ersten Mal der Begriff „Burnout" fiel. Sie versuchten die Ursachen der Erschöpfung herauszufinden. Sie führten deshalb auch Studien durch.

Später entschlossen sie sich, mit ihren Ergebnissen an die Öffentlichkeit zu gehen und die erste Veröffentlichung erschien dann unter dem Titel „Staff Burn-Out" im Jahr 1974. Es wurde beschrieben, dass ein Gefühl der Verausgabung und Müdigkeit im Vordergrund stand, begleitet von einer Infektanfälligkeit, häufigen Kopfschmerzen, Magen-Darm-Problemen, Schlaflosigkeit und Kurzatmigkeit.

In sozialen Bereich fielen die Betroffenen durch emotionale Ausbrüche und eine verstärkte Reizbarkeit auf. Auffällig waren auch psychische Veränderungen. Die Betroffenen fühlten sich von allen Seiten angegriffen und gleichzeitig bestand ein unangemessener Allmachts- und Unfehlbarkeitsanspruch. Das Denken wurde starr, unflexibel und man war kaum noch in der Lage, über alternative oder konstruktivere Lösungen nachzudenken, da die Betroffenen dafür viel zu erschöpft waren.

Der Kontakt zu Freunden ging schließlich ganz verloren. Aus der Distanz heraus sah dies nach einer Depression aus. Aber das war es eigentlich nicht. Den Hingebungsvollen und ihren Aufgaben verpflichteten drohte aber irgendwann dann doch eine Depression.

Der Auslöser war die grenzenlose Überforderung. Individuen mit einem exzessiven Bedürfnis, anderen ihre Zuwendung zu geben, waren gleichzeitig bereit, auf ihr eigenes Leben vollständig zu verzichten. Das war das Außergewöhnliche. Das war neu. Der Mensch hatte seine Bedürfnisse vollständig für andere

Menschen zurückgestellt, ja sogar ganz eliminiert. Das war erstaunlich. Das durfte ja eigentlich gar nicht sein. Das war gegen die Spielregeln der Natur. Hier hatten alle Kontrollmechanismen versagt. Das war wirklich bitter!

Freudenberger hatte später dann auch Strategien entwickelt, wie dieser Zustand vermieden werden konnte.

Er empfahl zur Vorbeugung von Burnout, dass eine Kontrolle eingesetzt werden musste, die nach einem Zehn-Punkte-Plan vorgehen sollte. Neue Mitarbeiter mussten gut auf ihren Job vorbereitet werden. Immer wieder mussten die Tätigkeitsbereiche gewechselt werden, um monotonen Abläufen und der Routine vorzubeugen. Die Arbeitsstunden mussten begrenzt werden. Es musste klare Urlaubsregelungen geben. Es musste auch ein Austausch mit Kollegen über den Umgang mit eigenen Belastungen geben. Wichtig war auch die körperliche Fitness durch Sportprogramme.

Freudenberger war Psychologe. Er war vertraut mit den üblichen Diagnosen wie Neurosen und Psychosen. Aber Burnout war weder das eine noch das andere. Auch wenn man als Ursache oftmals ein Helfersyndrom, Ängste, Abgrenzungsschwierigkeiten oder Zwänge erkannte, dann lag doch die eigentliche Burnout-Ursache nicht in einer schwierigen Biographie oder einer familiären Belastung, sondern ausschließlich in der jeweiligen beruflichen oder ehrenamtlichen, heillos überfordernden Tätigkeit.

Die Betroffenen traf somit keine Schuld, im Gegenteil, sie hatten alles gegeben, was sie konnten.

Auf diese Weise war es aber weder möglich, Burnout sicher zu diagnostizieren, noch einem Menschen, der sich ausgebrannt fühlte, zu beweisen, dass er kein Burnout hatte.

Es war schlicht der Energiemangel nach vorausgegangener Überlastung. Die Batterien der Betroffenen waren nun einfach ganz leer geworden.

×

Ich wachte auf und dachte an Anna.

Wie würde sie reagieren, wenn sie mich so sah? War sie dann enttäuscht von mir?

Ich wusste es nicht. Sollte ich mal wieder zu ihr hinübersehen? Also stand ich langsam auf und trat ans Fenster.

Tatsächlich, sie saß am Tisch und arbeitete an ihrem Notebook. Ich stellte mich ans Fenster. Ich sah ihr zu, wie sie arbeitete. Sie tippte in ihr Notebook. Sie arbeitete dabei ohne Unterbrechung. Sie schaute nicht hoch oder zu mir. Sie arbeitete sicher sehr konzentriert.

Sollte ich mich doch wieder bemerkbar machen? Ich wollte es eigentlich jetzt nicht. Ich war ja gerade in keiner guten Verfassung. Ich war unsicher.

Aber ihr zuschauen, das wollte ich schon. Ich holte mir einen Kaffee und stellte mich wieder ans Fenster. Später nahm ich einen Stuhl und setzte mich direkt vor das Fenster. Nach meiner zweiten Tasse Kaffee stand sie auch auf und ging in ihre Küche, um sich ebenfalls ein Getränk zu holen. Dann nahm sie wieder Platz und arbeitete weiter.

Ich saß immer noch gegenüber von ihr. Sie schaute nicht hoch. Sie hatte zu tun. Immer noch saß ich auf meinem Stuhl. Mein

Kaffee war längst kalt. Immer wieder schaute ich in die Ferne. Der Himmel war klar. Es waren kaum Wolken am Himmel.

Eigentlich sollte ich mich jetzt auch an meinen PC setzen und meine Forschungen mit dem Element Bor zusammenstellen.

Aber ich wollte jetzt nicht. Irgendwie hatte ich auch gerade keine Lust dazu. Also blieb ich weiter sitzen. Aber wie lange noch? Ich blieb halt einfach weiterhin sitzen. Und sie schrieb und schrieb. Und sie sah mich nicht!

Dann stand ich doch auf, setzte mich auch an meinen Computer und begann meine Ergebnisse zusammen zu fassen. Tabelle über Tabelle. Ben hatte ebenfalls inzwischen mehrere Zusammenstellungen verfasst. Ich versuchte die Ergebnisse auch grafisch darzustellen. Es sah gut aus und es war auch verständlich. Jeder konnte das verstehen. Ich schrieb und schrieb. Irgendwie fand ich dann die Arbeit doch interessant. Dann war irgendwann auch alles fertig. Über das Ergebnis war ich sehr zufrieden. Meinen Kummer hatte ich inzwischen ganz vergessen.

Ich könnte ja noch meine E-Mails abrufen, dachte ich mir. Ich klickte. Dann gingen die Mails auf.

Mein Blick fiel auf ihre Mail. Anna hatte geschrieben.

×

„Hei, du warst am Fenster und hast zu mir herübergeschaut. Warum hast du Dich nicht gemeldet? Ich habe dich gesehen! Bist du mir böse? Habe ich mich doch falsch verhalten? Melde dich doch bitte bei mir!"

Ich saß da und starrte auf meinen Bildschirm.

Irgendwie konnte ich mich nicht so richtig freuen, dass sie sich doch wieder bei mir gemeldet hatte.

Eigentlich war das doch alles unsinnig. Ich kam plötzlich wieder zu mir. Eine Frau liebte mich. Davon ging ich aus. Ich liebte sie auch. Es gab Missverständnisse. Das konnte es ja immer geben! Aber beide wollten sie eigentlich wieder beseitigen. Also was sollte das überhaupt?

Paul Busch, du benimmst dich wie eine alternde Diva! Hör jetzt auf damit! Sie meint es gut mit dir! Zeig ihr, dass du sie auch liebst! Du arroganter Kerl! Hör bitte jetzt sofort auf damit! So sprach eine innere Stimme mit mir.

Was war eigentlich los mit mir? Warum rannte ich nicht rüber zu ihr? Warum versteckte ich mich? Das war wirklich erbärmlich von mir. Ich schämte mich!

Ich hatte keine Antworten auf diese Fragen. Also blieb ich zunächst doch sitzen und regte mich nicht. Ich dachte nach. Ich musste es ändern. Und zwar sofort!

Ich hatte eigentlich kein richtiges Bild mehr von ihr. Wie sah sie eigentlich aus?

Ich versuchte, sie mir vorzustellen.

Groß, mit den hellen Haaren. Der sportliche Gang. Die weiche, zarte Haut. Der schöne Mund mit den kräftigen Lippen. Beneidenswert war der Mensch, der so eine schöne Frau um sich hatte.

Langsam kam dann doch wieder Leben in mich hinein. Ich wollte sie jetzt doch sehen! Sie wieder berühren! Bei ihr sein! Bald! Schnell! Sofort!

Anna, was ist los? Was machst Du? Ich saß immer noch vor meinem Computer.

Was sollte ich ihr denn nun schreiben?

Ich war noch immer blockiert. Sollte ich nach ihr schauen?

Ich stand auf und trat zum Fenster. Ich machte die Augen auf und sah sie auf der anderen Seite am Fenster stehen.

Sie winkte mir zu. Ich hob meine Hand etwas schwerfällig und bewegte dann doch meine Arme.

Sie zeigte auf sich und deutete an, dass sie zu mir herüberkommen würde. Sie ergriff nun die Initiative. Ich kam nicht zu ihr, also kam sie jetzt zu mir! Sie hatte sich entschieden!

Ich nickte ihr zu und bewegte die Hand von ihr zu mir. Ich machte das mehrmals. Dann sah ich, wie sie sich eine Jacke holte und zur Wohnungstüre ging. Wenige Minuten später klingelte es an der Haustüre.

Ich öffnete ihr und wartete vor meine Wohnungstür.

Sie kam schnell die Treppe herauf. Dann stand sie vor mir. Sie war etwas außer Atem. Sie stürzte sich auf mich und küsste mich auf den Mund. Ich nahm sie in den Arm und presste sie an mich. Sie seufzte leise als sie den Kopf etwas zurücknahm. Sie schaute mir in die Augen und drückte ihren Mund gegen meinen. Ich spürte ihre Zunge. Ihre ganze Energie ging auf mich über. Mir wurde heiß und eine tiefe Leidenschaft erfasste mich plötzlich.

Anna, endlich bist du bei mir! Bleibe bei mir, du tust mir doch so gut. So ging es mir durch den Kopf. Ich fasste sie an der Taille und führte sie in meine Wohnung.

Sie wiegte den Kopf hin und her. Ich nahm ihr die Jacke ab und dann gingen wir durch meine Wohnung und ich zeigte ihr alles. Immer wieder musste sie lachen über die skurrilen Dinge, die ich hatte. Die schönen Murano-Gläser aus Venedig gefielen ihr gut, auch meine vielen Bilder und Objekte an der Wand. Sie schaute sich alles genau an. Wir blieben stehen und sie wollte alles genau sehen. Ich erklärte ihr alles.

Auch meinen Impressionisten! Natürlich! Mein ganzer Stolz!

Wir standen davor. Er war so schön. Das Gelb und dann das spärliche Blau. Die Luft vibrierte darin. Nicht in Frankreich, nein, in meiner schwäbischen Heimat. Ich hielt sie immer noch an der Taille fest. Dann zog ich sie wieder zu mir und küsste sie. Sie ließ alles geschehen. Wir gingen weiter. Ich war so glücklich. Anna war wieder bei mir. Aller Gram und Zweifel war nun vergessen.

Ihr Körper war biegsam und elastisch. Irgendwann waren wir dann wieder im Schlafzimmer angekommen und ich schubste sie auf das große Bett. Sie streifte ihre Schuhe ab und ich begann ihr das Kleid über den Kopf zu ziehen. Sie lachte und dann begann sie auch mich auszuziehen.

„Könnten wir es doch noch etwas dunkler haben?" fragte sie und ich zog die Vorhänge in der Mitte des Fensters etwas näher zusammen.

×

Wir lagen zusammen, und dann waren wir irgendwann doch eingeschlafen. Sie kuschelte sich an mich. Ich spürte sie ganz. Sie war weich und zart. Sie atmete ruhig und gleichmäßig. Ihre Haut roch gut. Das nahm ich noch wahr, dann war auch ich wieder eingeschlafen.

Ich träumte von ihr. Wir fuhren in einem Auto in den Süden. Auf dem Rücksitz lag unser Gepäck. Dann begann das Fahrzeug irgendwie komisch zu ruckeln. Ganz gleichmäßig und ohne Unterbrechung. Das war schon seltsam.

„Ich glaube, wir müssen jetzt anhalten und nachsehen, was los ist."

Das sagte ich und fuhr dann auf den Standstreifen. Ich stieg aus und ging um unser Auto herum. Dann sah ich es. Der Reifen hinten rechts hatte eine seltsame Form angenommen. Er war unförmig geworden und hatte eine große Beule. Seitlich stand etwas heraus.

„Wir können so nicht weiterfahren!", sagte ich. „Ich muss den Reifen wechseln."

Wir hatten ja ein Ersatzrad dabei. Wir bockten den Wagen auf und ich wechselte das Rad. Dann fuhren wir weiter.

Wieder wurde ich wach. Sie hatte sich etwas zu Seite gedreht. Aber sie atmete weiter ganz ruhig. Der Mediziner in mir wurde geweckt. Alles war gut. Ich schlief weiter.

Irgendwann brach der Tag an. Die Berührung ließ nach. Ich spürte, dass sie aufstand. Ich schlug die Augen auf. Sie stand neben mir. Sie strich mir über die Haare und ging aus dem Zimmer. Ich schlief weiter.

Irgendwann wachte ich auf. Ich war wieder alleine. Anna war weg! Wo war sie? Ich schaute umher. Sie hatte mich gerade noch berührt, bevor sie aus dem Zimmer ging.

Ich schob die Decke zur Seite und stand auf. Die Wohnung war leer. Niemand war mehr da. Ich ging zum Fenster, aber auch ihre Wohnung war dunkel.

Wahrscheinlich musste sie schon wieder zur Arbeit. Das war doch klar. Sie musste ja arbeiten, um sich ihren Lebensunterhalt zu verdienen. Sie hatte einen Termin bei ihrem Chef. Den musste sie einhalten. Damit musste ich mich jetzt endlich abfinden.

Also erstmals in Ruhe Kaffee trinken und an gestern denken.

Vielleicht schrieb sie mir ja im Laufe des Tages eine E-Mail. Heute wollte ich es ruhig angehen lassen. Einfach ein bisschen das Leben genießen. Heute war ich ja auch sehr gut gelaunt. Anna und ich waren zusammen gewesen. Es war so schön verlaufen.

Ich stand wieder am Fenster und schaute zu ihr hinüber, aber alles war weiterhin dunkel in ihrer Wohnung.

Warum hatte ich eigentlich ein Burnout bekommen? Warum hatte ich die ersten Anzeichen nicht bemerkt? Diese Frage stellte ich mir immer wieder. Aber, es war ja gar kein richtiges Burnout gewesen. Ich war nur unglücklich gewesen, als sie mich nach unserer ersten Nacht alleine gelassen hatte. Das war in Wirklichkeit meine Benommenheit gewesen.

Pines, der sich viel mit Burnout beschäftigt hatte, sagte einmal:

„Ausbrennen ist das Resultat andauernder oder wiederholter emotionaler Belastungen im Zusammenhang mit langfristigem, intensivem Einsatz für andere Menschen. Das Ausbrennen ist die schmerzliche Erkenntnis, dass wir diesen Menschen nicht mehr helfen können, dass wir nichts mehr zu geben haben. Und wir haben uns aber selbst dabei völlig verausgabt."

Und Schaufeli, ebenfalls ein Kenner der Burnout-Problematik:

„Burnout ist ein dauerhafter, negativer, arbeitsbezogener See-lenzustand normaler Individuen. Er ist in erster Linie von Er-schöpfung gekennzeichnet, begleitet von Unruhe und Anspan-nung, einem Gefühl verringerter Effektivität, gesunkener Motiva-tion und der Entwicklung dysfunktionaler Einstellungen und Ver-haltensweisen bei der Arbeit. Diese psychische Verfassung ent-wickelt sich nach und nach und kann dem betroffenen Menschen aber oft lange unbemerkt bleiben."

Aber es blieben trotzdem noch viele Fragen offen. War die Be-ziehung zur Arbeit wichtig? Diese Frage wurde ja oft gestellt.

Die Antwort:

Nein, denn auch bei einem Arbeitslosen konnte Burnout auftre-ten.

Interessant war ja, dass sich viele Symptome, die bei Burnout auftraten, auch bei psychiatrischen Erkrankungen wiederfanden. Burnout war ein Prozess und im Verlauf kam es zu verschiede-nen Auffälligkeiten.

War es Arbeitssucht? Eine Suchterkrankung also? Nicht Stoff-gebunden? Hier gab es Craving (ein Verlangen nach Arbeit), eine Toleranzentwicklung (Intensivierung wegen einer mangeln-den Befriedigung), Kontrollverlust, Entzugssyndrome, Abhängig-keit und eine völlige Zentrierung im Tagesablauf.

War es eine Depression? Möglicherweise, denn Burnout konnte ja nicht davon unterschieden werden.

Ein Chronisches Erschöpfungssyndrom? Hier waren aber vor al-lem körperliche Erkrankungen im Vordergrund. Außergewöhnli-che Belastungen spielen hier keine Rolle. Diese Menschen wa-ren nicht mehr belastbar. Körperliche und geistige

Anstrengungen führen in der Regel zu einer Verschlechterung ihres Befindens.

Boreout? Hier gab es keine Überforderung, sondern Langeweile. Das konnte ich allerdings glatt verneinen.

Innere Kündigung? Es gab keine Arbeitsunzufriedenheit. Ich war ja mein eigener Chef gewesen. Ich identifizierte mich voll mit meiner Arbeit. Es gab auch keine Kränkungen. Alles verlief ohne persönliche Enttäuschungen.

„Burnout" im Spannungsfeld von Depression und Arbeitssucht! Was hatte das mit mir zu tun?

Gab es typische Symptome von Burnout?

Meine Therapeutin war der Meinung, dass es über 100 verschiedene Symptome gab, die in verschiedene Gruppen eingeteilt werden konnten:

Die Warnsymptome, das reduzierte Engagement, die Schuldzuweisungen und dann den Abbau. Später die Verflachung, die psychosomatischen Reaktionen und schließlich die Verzweiflung.

Angesichts dieser umfassenden Liste an Symptomen entwickelte man ein Verständnis dafür, was unter dem Begriff Burnout verstanden wurde. Chronische Überforderung und auch sexuelle Leistungseinbußen waren charakteristisch. Gleichzeitig kam es zu einer zynischen Einstellung zu Kollegen und Klienten oder Patienten, Schuldgefühlen und Rückzug von sozialen Kontakten und ein Vermeidungsverhalten allem Neuen gegenüber.

Aber charakteristisch war die gespannte, reizbare Erschöpfung. Es war nicht die Müdigkeit des Erfolgreichen, sondern es war eine Verstimmtheit und Leistungsunfähigkeit. Es war ein Gefühl der Ohnmacht. Und auch der Schlaf war beeinträchtigt. Es entstand eine Leere. Alles war auf einmal zu viel. Es entwickelte sich eine Abwehrhaltung allem Neuen gegenüber.

Ich blickte wieder hinüber. Bei ihr war immer noch alles dunkel. Ich schaute nach oben. Der Computerfreak saß vor seinem Rechner. Er starrte in den Bildschirm. Das machte er eigentlich immer. Ich kannte ihn nur so.

Schaute er wieder Pornos?

Wahrscheinlich!

Wenn es ihm Spaß machte, dann sollte er es eben weiter so machen. Besser wäre es sicher, wenn er eine Freundin hätte. Aber er ging ja nie aus. Wie sollte er so jemals eine Freundin finden? Vielleicht im Internet. Dort gab es ja inzwischen Tinder.

Unter Annas Wohnung waren ja die Italiener. Ich traute meinen Augen nicht, was ich dort sah. Dort ereigneten sich nämlich gerade aufregende Dinge. Eben war sie nach Hause gekommen. Sie ging durch die Wohnung und zog sich dabei ganz aus und lief nur noch im Slip herum. Dann ging sie zur Wohnungstüre und ließ einen jungen Mann herein. Ich hatte verstanden. Sie war jetzt alleine und öffnete gerade ihrem Liebhaber. Er küsste sie leidenschaftlich und beide gingen dann ins Schlafzimmer. Hoffentlich kamen die anderen Familienangehörigen nicht zu früh zurück. Sie war ja recht mutig. Leider konnte ich sie „bei Gefahr" nicht warnen. Ich hatte ja ihre Telefonnummer nicht.

Die beiden schwulen Männer waren schon vor einer Stunde nach Hause gekommen. Sie saßen am Tisch und aßen ihr Abendessen. Dazu gab es für jeden ein Glas Rotwein. Sie hatten sich viel zu berichten. Das war gut so. Sie sprachen noch miteinander.

Die pflegebedürftige Frau lebte ja nicht mehr. Ihr Partner war aber noch immer nicht nach Hause zurückgekehrt. Alles war dort noch immer völlig dunkel.

Wer kümmerte sich eigentlich um seine Balkonpflanzen? Sie sahen noch immer gut aus. Irgendjemand hatte wohl den Auftrag, sie zu pflegen. Ich hatte allerdings bisher noch niemanden gesehen.

Und der Student? Er lernte und saß vor seinen Büchern. Er war ein Musterschüler. Er würde sicher problemlos durch die Prüfung kommen. Er hatte ja so viel gearbeitet. Aber würde es ihm später auch wirklich nützen? Hoffentlich! Es gab viel Industrie hier in der Region, also auch viele gut bezahlte Arbeitsplätze. Da müsste es auch ihm doch gelingen, problemlos einen Arbeitsplatz zu finden.

Ich stand noch immer am Fenster und dachte nach. Sicherlich würde sie bald wieder zurückkommen. Aber alles war weiterhin dunkel bei ihr. Überall im Haus brannte zwar Licht, nur bei ihr nicht.

Hatte sie vielleicht inzwischen eine E-Mail geschrieben?

Ich setzte mich an meinen Rechner und rief Thunderbird auf.

Ja, tatsächlich, sie hatte geschrieben.

„Sorry, aber ich musste heute ins Büro, ich hatte dort einen wichtigen Termin mit meinem Chef. Gerne wäre ich bei dir geblieben. Was machst du? Wir sehen uns!"

Sie dachte an mich. Das war beruhigend. Wann würde sie wiederkommen? In einer Stunde oder in zwei? Sollte ich warten? Sollte ich etwas arbeiten? Aus dem Fenster schauen? Nachdenken? Etwas schreiben?

Ich entschloss mich, zunächst einen Espresso zu kochen.

Dann setzte ich mich wieder an den Rechner.

Eigentlich gab es viel zu arbeiten bis zu unserer nächsten Sitzung. Aber irgendwie konnte ich mich auch heute nicht so richtig konzentrieren. Die anderen Emails waren nicht interessant. Ich überflog sie nur. Das hatte Zeit. Die würde ich alle dann später beantworten.

Wieder saß ich da und schaute in meinen Rechner.

Keine Lust zum Arbeiten. Ich stellte mich dann wieder ans Fenster und schaute hinüber. Ihre Wohnung war immer noch dunkel.

Ich schaute zur Wohnung darunter. Die Italienerin stand jetzt nackt an der Wohnungstür und verabschiedete ihren Liebhaber. Sie küssten sich noch an der Wohnungstür, dann schloss sie rasch wieder die Türe. Nach kurzer Zeit erschien sie wieder vollständig angezogen und ging in die Küche, um das Abendessen vorzubereiten. Bald musste ja auch ihre Familie nach Hause kommen.

Es gab Parallelwelten. Die gab es aber schon immer.

x

Ich blickte weiter nach unten. Die beiden Männer saßen immer noch beim Abendessen und unterhielten sich dabei lebhaft. Immer wieder hörten sie auf zu essen und diskutierten. Sie legten dann das Besteck beiseite und benutzten ihre Hände, um den Worten Nachdruck zu verleihen. Hin und her gingen die Worte. Das Thema schien starke Emotionen zu wecken.

Wollten sie sich trennen? Irgendwie kam mir plötzlich dabei dieser Gedanke. Oder war es etwas Anderes? Dann begannen sie doch wieder ruhig weiter zu essen. Der eine legte plötzlich dem anderen seinen Arm um die Schulter. Jetzt war alles wieder gut. Sie hatten sich also wieder versöhnt.

Ich setzte mich doch wieder an den Rechner. Ich hatte aber eigentlich zu nichts Lust. Ich wollte jetzt nichts arbeiten. Also musste ich mich anders ablenken.

Diese Situation war eigentlich ganz neu für mich. Es war das Warten auf Anna. Das legte alles lahm. Das kannte ich so nicht. Das war wirklich neu. Immer hatten bisher andere auf mich gewartet. Wie sollte ich damit nun umgehen?

Ich musste das neu lernen. Ich musste lernen, die Dinge besser zu trennen.

Mehr Flexibilität war jetzt angesagt!

Aber wie konnte ich das lernen. Wer oder was half mir dabei?

Schon allein die Tatsache, dass ich mir darüber Gedanken machte, dass ich mir die Dinge also bewusst machte, konnte mir helfen, besser damit zurechtzukommen.

Ich trank einen großen Schluck Wasser und beschloss, mich zunächst etwas abzulenken. Ich musste aus dieser Anspannung herauskommen.

Plötzlich hatte ich einen Gedanken!

Ich zog die Jacke an und beschloss, meinen Freund Ritchie zu besuchen.

Er wohnte zwar nur ein paar hundert Meter entfernt, aber wir hatten uns Monate schon nicht mehr gesehen. Wir beide liebten den

Jazz. Er hatte die größte Sammlung an Platten und CDs in der Stadt.

Ich klingelte.

„Ritchie, bist du da?"

Es war Elenora, seine Frau, die mich hereinließ. Ich ging durch das alte Treppenhaus. Im Eingangsbereich war alles mit schönen Blumenbildern bemalt, riesig und eigentlich für einen Eingang überdimensioniert. Dann kam die Treppe. Endlos ging es von einem Stockwerk zum anderen. Ich kam immer mehr ins Keuchen. Das war es, ich hatte wirklich zu wenig Sport in den letzten Wochen gemacht. Ich war gerade in einem schlechten Trainingszustand. Ich sollte jetzt wirklich mehr Sport treiben. Das würde mir bestimmt guttun.

Oben an der Treppe standen Elenora und Ritchie.

„Schön, dass du vorbeikommst!"

„Wir haben uns ja schon so lange nicht mehr gesehen!"

Ich umarmte beide und wir gingen hinein in die Wohnung. Elenora verschwand in der Küche und stellte dann jedem eine Tasse Tee und Kuchen hin. Ich berichtete über meine letzten Wochen.

„Was? Burnout? Aber Paul, das hätten wir von dir nie gedacht. Was war los? Was ist mit dir passiert? Wie konnte das überhaupt soweit kommen?"

„Ja, es ist halt doch passiert, aber es geht mir wieder gut und die nächsten Projekte kommen schon."

„Duke Ellington oder John Coltrane?" fragte Ritchie.

„John Coltrane, bitte!" sagte ich.

Die Musik lief und wir unterhielten uns weiter.

„Oh, wir haben auch ein neues Projekt", sagte Elenora.

„Die Stadtentwicklung ist ja unser Thema, aber, das weißt du ja. Integration von Straße, Autos und Radfahrer in Verbindung mit Fußgänger."

Ich nickte kurz. Aber, wie das gehen sollte, war mir schleierhaft. Keiner nahm mehr auf den anderen Rücksicht. Der Fußgänger war von allen der schwächste. Weiter wurde aber nicht mehr darüber gesprochen. Sie wollten mich nicht zu sehr damit beanspruchen.

„Bleib doch hier zum Abendessen. Ich habe gekocht. Irgendwie habe ich gewusst, dass du heute kommen würdest."

Ich war gerührt und lachte. Ich kam einfach so und wurde gleich festlich bewirtet. Das Essen war vorzüglich. Beide hatten eine Zeitlang in orientalischen Ländern gelebt und Elenora konnte hervorragend kochen. Ich war gerührt. Diese beiden Menschen verstanden mich vollständig. Ritchie legte nochmals John Coltrane auf. Aber irgendwie zog es mich dann doch wieder zurück in meine Wohnung.

Anna war sicherlich schon zu Hause und wartete bereits auf mich.

„Bitte seid mir nicht böse, aber ich muss zurück. Ich vermute, dass Anna schon auf mich wartet."

Sie lachten. Sie kannten mich als Wissenschaftler, der sich eigentlich nichts aus Frauen machte. Ich hatte es jetzt plötzlich eilig, wieder nach Hause zu kommen. Das passte für sie irgendwie nicht so recht zusammen.

„Bring sie das nächste Mal einfach mit! Wir wollen sie auch kennen lernen!"

Ich küsste Elenora und bedankte mich für den schönen Abend. Mit Ritchie ging ich zur Haustüre und verabschiedete mich dort.

Dann stand ich wieder auf der Straße. Ich ging zurück zu meiner Wohnung.

Von der Straße aus blickte ich nach oben. Anna war bestimmt schon zu Hause und wartete, bis ich eintreffen würde.

Aber ihre Wohnung war immer noch dunkel. Sie war also doch noch nicht zurück!

Ich schloss die Wohnung auf und ging zum Fenster, aber gegenüber war tatsächlich alles noch dunkel. Sie war noch nicht da! Wo war sie? Sollte ich jetzt im Weltschmerz versinken?

Wieder dachte ich an mein Burnout. In welchem Stadium steckte ich gerade. Musste ich mir jetzt doch Sorgen um mich machen? Die Stadien waren ja nur Hilfsmodelle, in Wirklichkeit gab es ja eine Dynamik und alles ging fließend in einander über. Ich war noch im ersten oder zweiten Stadium und das betraf uns ja eigentlich alle. Wir steckten alle in Mühen und Strapazen und wir sollten den Zustand als Mahnung betrachten, immer vorsichtig zu sein. Unsere Wachsamkeit nicht zu verlieren. Ich war in Wirklichkeit noch im Stadium der Warnung. Darüber hatte ich oft mit meiner Therapeutin gesprochen. Immer wieder hatte sie mir eingeschärft, diese verschiedenen Stadien genau zu beachten.

„Du kennst sie, also beachte sie! Wo steckst du gerade? Was kannst du dagegen tun?"

Und weiter:

„Wenn das Alarmstadium erreicht ist, spätestens dann wird es höchste Zeit, etwas zu tun. Danach wird es sehr schwierig für dich. Die nächsten Stadien heißen Notlage, Zwangslage und Untergang. Soweit darf es niemals wiederkommen!"

Soweit war es glücklicherweise ja noch nicht!

Ich hatte doch noch alles gut im Griff. Ich würde nicht mehr untergehen. Das wusste ich. Die Mahnung würde funktionieren.

Das Engagement für die übernommene Arbeit war klar begrenzt. Es bestand immer noch das Wollen, nicht das Müssen. Überstunden und Nachtarbeit würde es nicht mehr geben. Da war ich mir heute ganz sicher. Es war keine Bürde oder Last. Ich machte keine Fehler und hatte keine körperlichen Beschwerden. Ich hatte keine Schuldgefühle, machte mir keine Selbstvorwürfe und hatte kein Selbstmitleid. Also Notlage, Zwangslage und Untergang waren weit entfernt.

Also war alles doch gut?

Eigentlich schon!

Aber irgendwie fehlte mir doch die innere Ausgeglichenheit. Ich war noch immer zu sehr verbissen. Früher erstreckte sich meine Wahrnehmung auf meine Arbeit und nun übertrug ich sie auf meine Beziehung zu Anna. Eigentlich war ich noch nicht wirklich stabil. Es fehlte mir noch immer die Gelassenheit. Das Genießen. Ich war verbissen. Alles musste gelingen, es durfte kein Fehler passieren. Nichts durfte dem Zufall überlassen werden. Alles musste geradlinig sein. Aber, das konnte so nicht gutgehen. Soviel war mir dann doch klar.

Litt Anna schon darunter? War es ihr schon zu viel? Hatte ich bereits jetzt schon alles verbockt? Hatte sie jetzt schon genug von mir? Suchte sie bereits nach Auswegen?

Nein, sicherlich nicht! Sie war nur in ihrem Büro aufgehalten worden. Ihr Chef beansprucht sie einfach zu stark. Ich klammerte doch nicht etwa? Das war ja eigentlich normalerweise eher ein Problem der Frauen. Wir Männer waren doch nicht so. Das konnte es nicht sein. Das sah ich sicher ganz falsch.

Aber mehr Gelassenheit, das konnte mir wirklich nicht schaden, das musste ich nun versuchen. Das könnte die Lage entkrampfen. Das war wichtig für unsere Beziehung, das war mir eigentlich schon klar. Also, ich würde heute nicht mehr nach ihr sehen. Entweder sie meldete sich bei mir und wenn nicht, dann konnte ich ja morgen wieder einen neuen Versuch starten.

Ich ging in den Keller, holte eine Flasche meines Lieblingsrotweins und setzte mich ins Musikzimmer, um Sebastian Studnitzky zu hören oder später auch noch Michael Wollny.

Das tat mir gut. Das wusste ich. Die Musik war sehr schön. Ich genoss die Melodien, aber auch den Rhythmus.

Das Klavier stand bei beiden im Vordergrund. Ich legte die Beine hoch. So ging es immer weiter. Stück um Stück. Meine Gedanken gingen hin und her. Ich genoss die Musik. Ich konnte nicht genug davon bekommen. Und ich kam dann zur Ruhe. Ich schaltete ab.

Morgen wollte ich mich wieder an meine Arbeit setzen, um meine Forschung über den Bor-Stoffwechsel weiterzubringen. Das waren alles neue Dinge, die bisher der medizinischen Welt nicht bekannt waren.

Der Wein war noch etwas kühl, aber es entwickelte sich dadurch auch mehr Frische. Das tat dem Wein gut, denn er lag schon einige Jahre im Keller.

Ich begann zu träumen.

Die Gelassenheit nahm immer mehr zu. Wie gut hatte ich es doch! Man hatte mir geholfen aus dem Burnout herauszukommen. Ich war dankbar. Es war nicht selbstverständlich gewesen. Dahin wollte ich nicht mehr kommen. Aber ich war ja auch inzwischen viel sicherer geworden.

Man hatte mir alles genau erklärt.

Ich war verliebt in eine fantastische Frau, die allerdings viel arbeitete.

Die Musik gefiel mir gut. Sie war melodisch und zeigte eine große Bandbreite an Klängen. Ich konzentrierte mich noch mehr darauf. Ja, das tat mir gut. Ich entspannte mich weiter.

×

Später übermannte mich dann doch auch durch den Wein die Müdigkeit und ich beschloss jetzt doch schlafen zu gehen.

Später lag ich im Bett. Sofort war ich eingeschlafen.

Im Traum sah ich dann Anna. Sie stand vor mir und lächelte mich an. Diese Frau war unglaublich schön. Groß und schön! Dieses schöne Gesicht. Diese wohlproportionierte Figur.

Sie kam auf mich zu. Sie reichte mir die Hand und dann umarmten wir uns. Sie küsste mich. Ich spürte ihren Körper. Dann ging sie einen Schritt zurück. Ich schaute sie erneut an und sie lächelte mir wieder zu. Dann nahm sie mich wieder in den Arm.

Ich war glücklich. Ich spürte sie wieder. Dann löschte sich das Bild wieder von selbst und ich schlief weiter.

×

Am nächsten Morgen erwachte ich erfrischt.

Ich ging in die Küche, um Kaffee zu kochen. Ich fühlte mich wirklich gut. Heute war ein guter Arbeitstag. Ich wollte mich auf meinen nächsten Vortrag vorbereiten. Es ging immer noch um das Element Bor. Darüber gab es immer noch so viel zu berichten.

Ich setzte mich an meinen Rechner und schaltete ihn an. Die Texte hatte ich bereits vorbereitet. Ich musste sie nur noch fortführen. Immer wieder glich ich meinen Vortrag mit den vorhandenen Daten ab. So kam ich weiter. Ich war sehr zufrieden mit meinem Text. Ich konnte alles schlüssig erklären. Ich lehnte mich zurück. Ich war zufrieden. Es war nun alles fertig. Jeder konnte es verstehen. Ich musste nichts mehr hinzufügen. Jeder konnte nun auch erkennen, welche Bedeutung Bor hatte. Ich konnte wirklich alles genau erklären. Es war erstaunlich, dass bisher niemand auf diese Zusammenhänge aufmerksam wurde. Ich war der erste. Ich würde das auch so erklären. Es war spannend. Ich war wirklich sehr zufrieden mit mir.

Es blinkte plötzlich am unteren Monitorrand, denn es war eine neue E-Mail angekommen. Anna? Ich öffnete das Programm und sah, dass es wirklich Anna war.

„Hallo Paul! Ich bin wieder zurück. Ich war geschäftlich in Berlin. Es war mehr oder weniger spontan abgelaufen. Aber jetzt bin ich wieder da! Melde dich doch bitte bald! Ich möchte dich wiedersehen!!!!!!!!!!!"

Viele Ausrufezeichen waren das! dachte ich mir.

Ich stand auf, ging zum Fenster und schaute zu ihr hinüber. Sie saß auf ihrem Sofa und hielt ihr Handy in der Hand. Sie schien gerade etwas zu tippen. Ich schaute ihr zu. Sie hatte ihren weißen Hausmantel an, die Beine hatte sie im Knie abgewinkelt und zu sich hergezogen. Der Mantel war ihr soweit nach oben gerutscht, so dass ihre Oberschenkel nun ganz sichtbar waren. Auch vorne war der Mantel weit geöffnet, so dass ich auch ihre

Brust sehen konnte. Sie sah einfach so gut aus. Diese Frau war unwiderstehlich. Sie schaute kurz hoch, wie wenn sie mich gesehen hätte und blickte aber dann sofort wieder auf ihr Handy. Ich stand einfach da und sah ihr zu.

„Ach Anna!" sagte ich so vor mich hin.

In den Wohnungen unter und über ihr gingen fast gleichzeitig die Lichter aus, so dass sie in ihrem Hausmantel noch heller strahlte.

Ich stand und stand und beobachtete sie weiter. Sie saß immer noch auf ihrem Sofa. Sie schaute auf ihr Handy.

Sollte ich ihr eine Nachricht schicken?

Ich setzte mich wieder an meinen Rechner und schrieb:

„Hallo Anna, du sitzt auf deinem Sofa und schreibst. Können wir uns wiedersehen? Ist alles ok? Melde dich doch bei mir! Paul."

Ich schickte es ab und ging wieder ans Fenster.

Als die Nachricht ankam schaute sie auf. Sie blickte zu mir. Ich stand am Fenster und winkte ihr zu.

Sie sah mich und stand ebenfalls auf. Direkt an der Fensterscheibe winkte auch sie mir zu. Ihre Handbewegung zeigte auf sie selbst. Ich sollte doch jetzt gleich zu ihr kommen.

„Okay, ich komme!" schrieb ich.

Ich ließ alles liegen und stehen, schaltete das Licht aus und zog die Schuhe an.

Dann war ich im Treppenhaus und eilte zur Haustüre. Sie war schon abgeschlossen, und ich musste sie erst öffnen. Dann ging ich über die Straße und klingelte bei ihr.

„Anna Renz" stand auf der Klingel.

„Hallo?" Ich hörte ihre Stimme. „Hier ist Paul Busch!"

Sofort ertönte der Türöffner und die Haustüre ging auf. Das Treppenhaus war etwas kühl. Ich ging langsam die Stockwerke hinauf. Ich genoss jetzt die Aufregung, sie wieder zu sehen. Ihre Wohnungstüre stand schon weit offen.

„Hallo?" sagte ich und trat ein. Sie kam mir entgegen. Der Morgenmantel flog hinter ihr her. Sie warf sich mir entgegen und wir lagen uns in den Armen.

Sie küsste mich und zog mich ständig zu sich.

"Ach, bin ich froh, dass du wieder bei mir bist. Ich habe dich so sehr vermisst. Ich fühlte mich die ganze Zeit so einsam. Alles war so leer. Komm zu mir! Ich brauche dich. Bitte bleib hier. Ich habe dich wirklich so sehr vermisst."

Arm in Arm gingen wir dann ins Wohnzimmer. Wir setzten uns aufs Sofa. Sie kuschelte sich an mich. Dann küsste sie mich wieder. Wir lagen umschlungen auf ihrem Sofa. Wir schauten uns immer wieder an.

Sie hatte sich nicht verändert. Ihre Haut war immer noch so zart. Sie lächelte. Ja, sie war wirklich eine Schönheit.

Und sie wollte mich. Das hatte ich ja jetzt auch wirklich kapiert. Da war nichts erfunden. Da gab es keine Berechnung. Sie wollte mich wirklich, so wie ich war. Ich hatte jetzt überhaupt keinen Zweifel mehr. Sie wollte bei mir sein. Sie meinte es wirklich ernst.

Mir ging es ja genauso. Ich wollte auch bei ihr sein. Sie war meine Frau. Alles andere würde niemals passen. Ich würde bei ihr bleiben. Wir waren zusammen. Ohne sie lief ich herum wie ein streunender Hund. Das wollte ich nicht mehr. Das war mir klar.

Ich hob sie hoch und trug sie ins Schlafzimmer. Ich legte sie aufs Bett und schloss dann die Türe.

×

Am nächsten Morgen war sie immer noch da, als ich aufwachte. Ich war sehr erleichtert. Hatte sie denn heute gar keine Termine? Sie schien wirklich keine zu haben. Hatte ich Termine? Ich wusste keinen. Also blieben wir liegen.

„Kaffee?" flüsterte sie mir ins Ohr.

„Gerne!" sagte ich und dann stand sie doch selbst auf.

Sie fingerte nach ihrem Morgenmantel und ging in die Küche. Auf einem Tablett brachte sie zwei Tassen und stellte sie neben mich. Sie nahm eine Tasse und setzte sich dann wieder ins Bett. Dann saßen wir beide nebeneinander und tranken den Kaffee.

„Weist du, es gab ziemlichen Ärger in Berlin. Der Kollege kam mit dem Fall überhaupt nicht zurecht. Mein Chef stand am Schreibtisch und schaute mich sorgenvoll an. Was sollten wir jetzt tun? Die Sache lief komplett aus dem Ruder."

Sie trank einen Schluck.

„Wir trafen dann spontan eine Entscheidung. Wir nahmen dann die nächste Maschine und kamen gerade noch rechtzeitig in Berlin an."

Wieder nahm sie einen Schluck Kaffee.

„Und wir haben dann doch noch alles gewonnen. Im Flugzeug hatten wir uns noch vorbereitet. Ich hatte alle Vorgänge auf dem

Laptop. Der Aufwand war enorm, aber es ging ja auch um so viel. Aber es hat geklappt."

Sie machte eine Pause.

„Wir blieben dann über Nacht dort, aber jeder schlief in seinem Zimmer."

Sie gluckste und grinste mich an. Ich versuchte gelassen zu bleiben. Diese Vorstellung, sie und ihr Chef, das machte mich schon etwas nervös.

Sie lehnte sich wieder an mich und knabberte an meinem Ohr. Dann nahm sie mir die leere Tasse aus der Hand und stellte sie auf das Tischchen neben dem Bett. Dann lagen wir wieder zusammen.

Ihre Haut war weich und anschmiegsam. Ich genoss ihre Nähe sehr.

×

Später beschlossen wir, eine Kleinigkeit zu essen. Zum Rasieren und um ein frisches Hemd anzuziehen ging ich kurz rüber in meine Wohnung. Der Rechner war noch an. In der Eile hatte ich vergessen, ihn abzuschalten.

Das Sushi-Lokal lag in der Innenstadt. Wir nahmen die Bahn. Das ging am schnellsten, denn es waren nur zwei Haltestellen. Man konnte dort nicht reservieren. Das Restaurant befand sich hinter der Fischtheke eines Feinkostgeschäftes. Man wartete seitlich und wurde dann zu einem freien Tisch geführt. Vor uns standen schon vier Leute, aber es ging heute doch schnell und wir saßen uns schon nach kurzer Zeit gegenüber, jeder auf seinem Barhocker. Sie aß gerne Sushi und mir schmeckte es ebenfalls sehr. Das Holztischchen mit den Sushis stand zwischen uns.

„Was macht eigentlich deine Arbeit", fragte sie mich.

„Es geht gut", sagte ich.

Ich steckte mir ein Sushi in den Mund.

„Wir haben ja ein neues Projekt. Es geht um Bor und die Zusammenhänge im Stoffwechsel, mit Kalzium und Vitamin D. Mit den Hormonen bei Männer und Frauen. Das ist alles sehr interessant, und es macht mir Spaß, darüber zu arbeiten."

„Werdet ihr dann die Ergebnisse wieder an die Pharmaindustrie verkaufen?"

„Das wäre natürlich toll, wenn wir das nochmals wiederholen könnten, was wir mit den Ergebnissen aus unserer Vitamin D-Forschung gemacht haben. Wir haben ja ziemlich viel dafür bekommen. Eigentlich könnten wir jetzt locker davon leben, aber wir haben beschlossen, dass es weitergehen soll. Ich verstehe mich auch sehr gut mit Ben und Davide. Und wir brauchen wieder eine Aufgabe. Der Mensch braucht eine Struktur. Nur so funktioniert das Leben."

„Aber, du wirst jetzt besser auf deine Gesundheit achten?"

„Ja, ganz bestimmt werde ich das. Ich habe ja so viele Dinge über mich gelernt. Ich weiß jetzt, wann es für mich gefährlich wird. Außerdem gehe ich ja immer noch alle zwei Wochen zu meiner Therapeutin. Die will immer alles genau wissen, was ich so tue. Die ist sehr skeptisch. Die lässt nicht locker. Die bremst mich auch, wenn sie denkt, dass es zu viel wird. Die ist wirklich gut. Aber sie ist nicht mein Frauentyp. Ich habe mich bisher nicht in sie verliebt. Wir haben ein sachliches Verhältnis. Wir können über alles reden, aber mehr nicht. Sie ist nur meine Therapeutin."

Anna lachte. „Schön, dass du mir das sagst."

Sie griff nach meiner Hand und tätschelte sie. Ich schaute sie an. Ja, sie balancierte ein Sushi geschickt mit den Stäbchen auf ihren Teller. Auf ihrem Gesicht war ein Lächeln. Es schmeckte ihr. Ich beobachtete sie. Sie sah glücklich aus. Die Haare hochgesteckt. So saß sie mir gegenüber. Diese Frau war großartig. Und ich war ein Teil von ihr.

„Seid ihr zufrieden mit dem Verkauf der Forschungsergebnisse?"

„Ja, sehr, die Kanzlei hat wirklich gute Arbeit geleistet. Da haben wir so viel bekommen. Niemals hätten wir das erwartet. Wir waren völlig überrascht. Davide ist damals auf einen Tisch geklettert und hat getanzt. Nein, das war schon sensationell."

Sie nickte mir zu und blickte dann vielsagend in die Ferne.

Klar, sie wusste Bescheid. Sie kannte sich aus.

Dieses Gefühl hatte ich plötzlich. Aber das war ja in Ordnung. Das musste mich nicht belasten. Dazu musste ich mir jetzt keine Gedanken machen. Wie auch immer. Das war für mich inzwischen ganz in Ordnung.

„Hast du wieder ein paar Tage frei? Auch nach der Aktion in Berlin?"

„Es sind mit heute vier Tage. Freue dich! Wir könnten was Schönes zusammen machen. Denk dir was aus!"

Ich musste lachen. Diese Frau hatte frei. Das war ja unglaublich! Und ich konnte bestimmen, was wir machen wollten.

„Wir könnten in den Süden fahren!"

Ihr Blick war unverändert. Sie reagierte nicht darauf. Dann lächelte sie mich an.

„Wir müssen nichts unternehmen. Wir bleiben einfach zusammen. Du und ich. Wir lieben uns. Und dann werden wir schon sehen."

Diese Frau war wirklich ungewöhnlich. Wir waren zusammen.

Wir standen in keinem Stau auf der Autobahn. Wir waren einfach zusammen. Das war das Besondere. Sie wusste, was sie wollte.

Ich lachte. Ich verstand.

So eine Frau hatte ich mir immer gewünscht. Jetzt hatte ich sie gefunden.

Ich schenkte ihr ein. Wir prosteten uns zu. Wir waren beide glücklich zusammen.

×

„Zu mir oder zu dir?"

„Diesmal zu mir", sagte ich.

Und wir gingen die Treppe hinauf. Im zweiten Stock küsste ich sie. Sie war leicht und schmiegte sich an mich. Im dritten Sock war es genauso. Im vierten Stock passierte nichts, außer dass ich ihre Hand nahm, um in den nächsten, den fünften, zu kommen. Dann waren wir oben. Ich öffnete die Türe, umarmte sie, und trug sie in die Wohnung. Das Licht war an und wir kamen ins Schlafzimmer. Ich legte sie aufs Bett. Dann schaltete ich das Licht aus.

Die Nacht war vorbei.

Wir waren immer noch zusammen. Am Morgen holte ich das Frühstück in der Bar um die Ecke und wir waren glücklich.

„Ich geh mal kurz rüber und stell mich unter die Dusche", sagte sie dann.

„Ist okay. Du meldest Dich aber wieder, oder?"

„Klar!"

Dann ging sie. Und irgendwie war jetzt alles wieder ein wenig eintöniger geworden. Irgendwie leerer. Bestimmt würde sie sich ja wieder melden. Aber, jetzt war sie eben nicht mehr da. Ich musste alleine klarkommen. Das verstand ich ja. Wir konnten nicht die ganze Zeit auf einander hängen. Das würde so langfristig auch nicht funktionieren. Also blieb ich jetzt eben alleine. Ich würde meine E-Mails checken und dann würde ich weitersehen.

Wie würden wir denn mit einander kommunizieren?

Würde sie am Fenster stehen und mir zuwinken? Oder würde sie wieder zu mir herüberkommen? Mit mir telefonieren, eine E-Mail schicken? Das wusste ich nicht. Ich musste mich überraschen lassen. So war sie eben. Ich konnte es nicht ändern! Ich hatte sonst keine Chance. Sie würde sich wieder melden. Ich würde warten. Nur so kamen wir wieder zusammen.

×

Ich schaltete schon mal den Rechner an.

Das E-Mail-Programm öffnete sich rasch und ich konnte alle E-Mails lesen.

Davide schrieb, wir würden uns in einer Woche wieder treffen und unser Vorgehen weiter abstimmen. Es wäre wichtig, wenn ich auch hinzukäme.

Natürlich würde ich kommen. Ich hatte mich ja schon auf das nächste Treffen gründlich vorbereitet. Ich würde ja weiter berichten. Da war ja schon alles fertig. Das war überhaupt kein Problem. Ich würde ihm gleich antworten. Die anderen Sachen waren im Moment nicht so wichtig. Da konnte ich mir noch etwas Zeit lassen mit der Beantwortung. Von Anna gab es noch keine Nachricht. Das war ja auch klar. Sie stand unter der Dusche und musste sicherlich auch noch ein paar andere Sachen machen, bevor sie sich wieder melden würde.

Sollte ich wieder einmal in mein Fitness-Training gehen? Mein Muskelaufbautraining? Das könnte mir doch heute eigentlich nicht schaden? Also los. Ich hatte jetzt eine Frau und musste deshalb auch fit bleiben! Ich packte also meine Tasche und ging aus der Wohnung.

Das Fitness-Studio war nicht weit weg. Ich konnte es zu Fuß erreichen. Im Vordergrund stand dort das Muskelaufbautraining an Maschinen. Der Rücken wurde gestärkt. Dafür gab es verschiedene Bewegungen. Entweder bei geradem Rücken oder als Drehbewegung. Im Sitzen oder im Liegen. Gleichzeitig wurden auch die Beine und die Arme trainiert. So nahm die Muskelkraft zu. Immer zwei Minuten an jeder Maschine, dann wurde gewechselt. Bis alle durch waren, brauchte es fast eine Dreiviertelstunde. Dann duschte ich mich. Und ich ging wieder nach Hause.

Nach etwas mehr als einer Stunde kam ich wieder dort an. Mir war jetzt angenehm warm. Ich hatte Durst und musste jetzt auch dringend etwas trinken. Ich schloss meine Wohnung auf und holte eine Wasserflasche aus der Kiste. Dann setzte ich mich aufs Sofa und versuchte mich zu entspannen.

Sollte ich jetzt gleich nach der E-Mail von Anna schauen?

Ich schaltete also doch den Rechner wieder an und checkte das E-Mail-Programm. Aber es war immer noch keine E-Mail von ihr da. Hatte sie etwa wieder zu tun? Musste sie vielleicht doch schon wieder arbeiten. Ich musste gelassen bleiben. Es war schwierig. Ich empfand eine nahezu schmerzhafte Langeweile. Ich wollte sie so viel fragen. Aber, immer wenn wir beisammen waren, dann stellten sich diese Fragen plötzlich nicht mehr.

„Warum bist du gegenüber von mir eingezogen?" Das wollte ich sie schon ein paar Mal fragen. Aber ich kam einfach nicht dazu.

Ich musste mich beschäftigen. Das sah ich ein.

Ich stand auf und ging ans Fenster. Ihre Wohnung war hell erleuchtet. Und sie saß auf dem Sofa. Diesmal hatte sie ein Buch auf ihrem Schoß liegen. Da saß sie und las. Ein Bild wie ein Stillleben. Diesmal hatte sie ein langes T-Shirt an und an ihre Füße steckten in Plüschhausschuhen.

Ich stand am Fenster und schaute ihr zu. Nach einer Weile blätterte sie die Seite um. Dann die nächste und immer so weiter. Nichts schien sie aus der Ruhe zu bringen. Sie stand auch nicht auf, nein, sie las und las. Und ich stand immer noch am Fenster gegenüber. Vielleicht sollte ich ihr jetzt eine E-Mail schicken. Vielleicht war ihr Handy so eingestellt, dass sie es hörte, wenn eine Mail ankam.

„Hallo Anna! Ich stehe am Fenster und schaue zu dir hinüber."

Ich schickte sie los. Es klang ein wenig hilflos. Fast schon kindlich.

Sie stand auf, legte das Buch beiseite und ging zum Tisch, wo ihr Handy lag. Sie nahm es und blickte aufs Display. Dann kam sie ans Fenster und winkte zu mir herüber. Sie lachte und schwenkte den Arm. Dann setzte sie sich wieder aufs Sofa und tippte etwas ein.

Jetzt kam auch bei mir das Zeichen, dass eine Nachricht angekommen sei. Ich schaute aufs Display:

„Hallo Paul, schön Dich wieder zu sehen. Wo warst Du?"

„Beim Training!" gab ich zurück. „Ich hatte das Gefühl, ich sollte etwas für meine Fitness tun."

Das Geräusch der ausgehenden Mail klang mir noch in den Ohren, dann kam schon die Antwort:

„Ich war bei meiner Friseurin, denn ich hatte plötzlich auch das Gefühl, dass meine Haare nicht mehr in Ordnung waren."

„Das fand ich nicht!" antwortete ich. „Deine Frisur war für mich in Ordnung gewesen!"

„Danke!"

Dann entstand eine Pause. Ich schaute zu ihr hinüber. Sie saß auf dem Sofa und schaute auf ihr Handy. Aber sie tippte nicht. Hatte sie gerade eine andere Mail bekommen?

Ich beschloss, mir einen Espresso aus der Küche zu holen. Das Handy nahm ich mit. Aber, es kam nichts mehr.

Ich stellte mich wieder ans Fenster und beobachtete sie. Sie sah mich und winkte mir wieder zu.

Dann schrieb sie:

„Ich muss leider morgen schon wieder arbeiten. Mein Chef hat sich gerade gemeldet. Ich werde zwei Tage weg sein. Wenn du willst, dann komm doch rüber auf ein Glas Wein, aber ich muss früh zu Bett, um morgen dann auch wirklich fit zu sein."

Ich schluckte kurz und schrieb schnell:

„Bin in 10 Minuten da!"

Ich hatte mir so etwas schon gedacht. Dieser Chef nutzte sie wirklich total aus. Sie lieferte sehr gute Arbeit ab, deshalb musste sie schon wieder ran. Aber auch diese zwei Tage würde ich überstehen. Hatte ich nicht auch noch das Treffen mit unserer Arbeitsgruppe? Genau, so war das ja!

Ich schaltete das Licht aus und ging runter auf die Straße. Es war kein Verkehr. Ein leichter Nieselregen hatte aber eingesetzt, also ging ich im Laufschritt rüber. Ich klingelte und sie öffnete die Türe. Rasch war ich oben und wir lagen uns wieder in den Armen. Sie führte mich zu ihrem Sofa. Auf einem kleinen Tischchen stand eine geöffnete Weinflasche mit zwei Gläsern.

Wir saßen eng an einander und schauten aus dem Fenster. Meine Wohnung gegenüber war jetzt ganz dunkel. Man konnte dort nichts sehen.

„Schön, dass du da bist", sagte sie leise. In ihrer Nähe spürte ich eine Ruhe und Gelassenheit, die ich nicht erklären konnte. Sie war in sich ruhend. Kein Wunder, dass ihr Chef sie dauernd brauchte. Aber darüber wollte ich jetzt nicht nachdenken. Ich zog sie näher an mich heran. Ihr Körper war zart, aber straff und elastisch. Das merkte ich wieder. Sie gab mir ein Glas und wir prosteten uns zu. Sie lachte. Dann trank sie einen kleinen Schluck. Der Wein war gut. Sie schien sich auszukennen. Dann stellte ich mein Glas wieder ab.

„Musst du fliegen?" fragte ich.

„Ja, ich muss diesmal nach Hamburg. Wieder so eine komplizierte Geschichte."

Wir saßen auf dem Sofa beieinander und schwiegen. Aber, wir mussten jetzt auch nicht reden. Einfach so beieinandersitzen. Der Körperkontakt. Das reichte schon. Mehr brauchten wir in diesem Moment nicht.

Dann war es Zeit zum Abschied. Sie küsste mich leidenschaftlich und ich wusste, dass alles gut war. Leise ging ich zurück in meine Wohnung.

Ich schlief etwas unruhig. Ich wusste nicht warum, denn alles war ja doch in Ordnung, so, wie es jetzt war. Ich träumte absonderliche Dinge, die mich aber eher erheiterten und mir aber keine Angst einflößten. Einmal stand ich auf und schaute zu ihr hinüber, aber alles war dunkel. Sie schlief schon lange.

×

Ich wachte auf. Heute war das Treffen mit der Arbeitsgruppe. Heute würde ich Davide und Ben wiedersehen. Ich hatte alles gut vorbereitet und würde über unser neues Thema ausführlich referieren. Ich hatte auch jetzt keinen Stress. Ich war gelassen. Die Dinge kamen voran. Ich fühlte mich sicher.

Ich hatte in der letzten Zeit immer auf genügend Schlaf geachtet. Das war früher ja leider nicht immer so gewesen. Da hatte ich auch hin und wieder eine Nacht durchgearbeitet. Aber das machte ich nun schon lange nicht mehr.

Irgendwie hatte ich auch gelernt, dass es beim Burnout innere, also persönliche, aber auch äußere Faktoren bei der Entstehung gab. Auf der einen Seite gab es den „Selbstverbrenner". Das bedeutete, dass alle Probleme mehr oder weniger persönlich bedingt waren. Das war der klassische Fall. Ein aktives Burnout also.

Kam jetzt noch von außen ein neues Problem hinzu, ein externer Auslöser also, dann trat die Katastrophe ein. Das war relativ häufig so.

Das Gegenstück war der Mensch, der hauptsächlich durch äußere Faktoren belastet war. Ein Opfer der Umstände also. Ein passives Burnout.

Im Normalfall fand sich jeder innerhalb dieser beiden Pole. Früher wurde den persönlichkeitsspezifischen Merkmalen ein höheres Gewicht beigemessen, in der Zwischenzeit weiß man aber, dass auch den äußeren Belastungsfaktoren eine ebenso große Bedeutung zukommt.

Jeder weiß, dass die eigene Persönlichkeit einen starken Einfluss darauf hat, ob sich ein Burnout entwickelt oder nicht.

Menschen mit starkem Idealismus und Engagement für eine besondere Sache waren besonders stark gefährdet. Wenn gleichzeitig noch ein vermindertes Selbstwertgefühl hinzukam, dann stieg die Gefahr weiter an, dass sich ein Burnout entwickelte. Auch eine vermehrte Opferbereitschaft oder ein Streben nach Perfektionismus waren sicherlich auch ungünstige Faktoren.

Eine besondere Bedeutung hatte auch die Beziehungsebene.

Auf der Beziehungsebene kommt zum Ausdruck, wie der Sprecher und der Hörer sich zueinander verhielten und wie sie sich einschätzten. Der Sprecher konnte durch die Art der Formulierungen, durch seine Körpersprache oder aber durch den Tonfall seiner Stimme Wertschätzung, Respekt, Wohlwollen, Gleichgültigkeit oder auch Verachtung in Bezug auf den Anderen zeigen. Abhängig davon, was der Angesprochene wahrnahm, fühlte er sich entweder akzeptiert oder herabgesetzt, respektiert oder bevormundet. Menschen, die stark über die Beziehungsebene kommunizierten und deshalb dann die Sachebene vernachlässigten, waren ebenfalls in höherem Maße gefährdet.

Aber wie sahen eigentlich die äußeren Faktoren sonst noch aus? Was musste wirklich beachtet werden?

Es war der eingeschränkte Tätigkeits- und Handlungsspielraum, der Mangel an Einflussmöglichkeiten auf das Arbeitsergebnis und das unzureichende Feedback. Diese Faktoren waren außerordentlich belastend. Auch ein Übermaß an Verantwortung spielte eine Rolle. Aber auch Unterforderung und Monotonie waren ungünstig. Eine schlechte Bezahlung und fehlende Aufstiegsmöglichkeiten kamen auch noch hinzu. Rollenkonflikte,

Kommunikationsprobleme und Ärger mit Kollegen und Vorgesetzten mussten ebenfalls mitberücksichtigt werden.

Aber eigentlich reichten diese Faktoren zur Erklärung von Burnout immer noch nicht aus. Was waren nun eigentlich genau die Ursachen? Was gab es sonst noch für Erklärungen? Wie konnte man das alles noch besser verstehen?

Es war letztendlich das Zusammenwirken aller Dinge. Es war der Mensch mit seinen individuellen Fähigkeiten und Bedürfnissen, der sich auf bestimmte Anforderungen einstellen musste. Passte das nicht zusammen, dann erfolgte eine Stressreaktion. Gelang es nicht mit dem Stress doch noch irgendwie klar zu kommen, dann kam es zum Scheitern. Klar, diese Aussage war banal, denn das wusste ja schon jeder. Das Konzept war viel zu weit gefasst und zu wenig griffig.

Konnte man es denn nicht noch besser definieren?

Vielleicht spielte das Verhältnis von Anforderung und starker Kontrolle, also dem Handlungs- und Entscheidungsspielraum eine Rolle? Die Anforderungen konnten sehr hoch sein, wenn es aber Möglichkeiten gab, selbst zu entscheiden, dann führte dies zu persönlichen Herausforderungen und Entwicklungsmöglichkeiten, aber zu keinem Burnout.

Oder war die Belohnung das Entscheidende. Wenn die Belohnung, also Gehalt, Lob, Anerkennung, Arbeitssicherheit, Karrierechancen und Status stimmten, dann konnte die Arbeitsbelastung hoch sein, ohne dass ein Burnout entstand.

Jetzt hatten mich die Aussagen meiner Therapeutin wieder vollständig eingeholt. Ich sollte mich jetzt aber doch lieber anziehen und zu unserer Sitzung gehen.

Sie fand wieder im Labor statt. Ben und Davide waren schon da. Beide waren gut gelaunt. Sie kamen auf mich zu, als ich zur Türe hereinkam.

„Hallo Paul, irgendwie war bei dir in der letzten Zeit ein wenig Funkstille. Bist du untergetaucht, oder hält dich diese tolle Frau total in Atem?" fragte Davide etwas spöttisch.

„Du hast sie uns ja noch immer nicht vorgestellt. Wir sind total neugierig auf sie", fügte Ben hinzu.

„Ihr werdet sie schon noch sehen!" sagte ich. „Sie ist eine Göttin! Habt noch etwas Geduld. Sie muss viel arbeiten und heute ist sie leider nach Hamburg geflogen."

Beide zwinkerten mir mit den Augen zu. Ich verstand eigentlich nicht, was sie damit meinten. Was hatten sie wieder für Hintergedanken? Es war mir ein Rätsel.

Ich stellte mich an den Tisch und baute den Projektor für die Präsentation auf. Alles funktionierte und wir konnten beginnen.

Ich zeigte die Zusammenhänge zwischen Kalzium, Vitamin D, Vitamin K2, Parathormon und Bor. Dann die verschiedenen Hormonkonstellationen bei Frauen und Männern. Beide waren beeindruckt. Ben besonders, denn er hatte schon verschiedene Experimente in den letzten Tagen durchgeführt. Davide notierte sich alles sehr sorgfältig, denn er musste ja dann die Ergebnisse später auch verkaufen. Alle waren zufrieden, denn wir hatten ein neues Konzept, das weiterentwickelt werden konnte. Wir diskutierten und begannen weitere Gliederungen zu verfassen. Am Ende waren wir alle dann doch erschöpft, aber zufrieden. Alle hatten Hunger und so beschlossen wir mehr oder weniger spontan, den Abend wieder beim Italiener zu verbringen.

Mir war das Recht, denn Anna war ja nicht da. Beide zogen ihre Handys aus der Tasche und telefonierten. Sicher würden jetzt auch Jennifer und Sophia bald eintreffen. Dann packten wir alles zusammen und verließen das Labor. Ben schaltete das Licht aus und wir standen dann auf der Straße.

Es war ja nicht weit zum Italiener und wir konnten zu Fuß dorthin gehen.

Vincenzo begrüßte uns herzlich wie immer. Wir waren sicher seine besten Gäste. Den großen runden Tisch hatte er wieder für uns freigehalten.

Dann standen auch schon Jennifer und Sophia neben uns. Ich begrüßte sie beide. Wir hatten uns ja jetzt auch eine Weile nicht mehr gesehen.

„Hast Du Deine Freundin heute wieder nicht dabei, Paul?" fragte Sophia und grinste mich an.

„Leider nein, Anna musste nach Hamburg zu einem wichtigen Termin", wiederholte ich, „aber ihr werdet sie schon noch kennenlernen."

Irgendwie hatten sich alle schon wieder zu sehr mit Anna beschäftigt. Warum eigentlich?

Wie schade!" sagte Jennifer. „Du bist so ein toller Kerl und deine Freundin ist sicherlich genauso toll, oder?"

„Danke!", sagte ich höflich und nahm Platz. Beide Frauen saßen mir nun gegenüber.

Wir bestellten das kleine Menü. Zuerst gab es Jakobsmuscheln auf einem Mus von Kichererbsen. Sie waren gebraten und schmeckten hervorragend. Dann kam das Risotto mit Trevisano. Das Gemüse sah aus wie Radicchio, war aber länglicher und kräftiger und auch noch etwas bitterer im Geschmack. Das Hauptgericht war eine gebratene Seezunge mit Gemüse. Alles schmeckte ausgezeichnet. Der Schokoladekuchen bildete den Abschluss.

Das Gespräch war sehr lebhaft. Auch die beiden Frauen beteiligten sich daran. Sie fragten uns aus über unser neues Forschungsprojekt. Also war ich natürlich auch gefragt.

„Euer letztes Projekt war doch Vitamin D und der Vitamin D-Rezeptor", sagte Sophia, und jetzt macht ihr weiter. Worum geht es jetzt? Werdet ihr wieder so erfolgreich sein?"

Ich legte die Gabel weg und schaute sie an. Ihre schwarzen Haare sahen wirklich toll aus. Sie war auch eine attraktive Frau, aber die Freundin von Davide. Wo er sie wohl kennengelernt hatte? Aber egal, ich wollte ihr den Sachverhalt erklären und suchte nach Worten.

„Weißt Du, hier in Deutschland besteht ein Vitamin D-Mangel. Deshalb leiden die meisten Menschen auch an einem Mangel an Kalzium, aber auch an Magnesium und Bor. Das einfachste wäre nun den Menschen das Vitamin D zu geben. Aber, wenn man das tut, dann passieren komische Dinge. Das normale Vitamin D wird in der Niere aktiviert und führt dann plötzlich zu einer Entzündung im Körper. Das will natürlich niemand. Die Leute nehmen auch an Gewicht zu, so dass auch das Diabetesrisiko leider ansteigt. Erst wenn die Leute auch noch Bor zu sich nehmen, kann das Vitamin D gut wirken und alle Probleme sind damit ziemlich rasch beseitigt."

Sie schaute mich verblüfft an.

„Und du hast das herausgefunden?"

„Nein, nicht nur ich selbst, auch andere Wissenschaftler, aber ich habe es geschafft, die Zusammenhänge zu erklären und darüber bin ich auch recht stolz."

Sie lächelte mich an.

„Und, was habt ihr sonst noch herausgefunden?"

„Vitamin D ist nur ein Vitamin für die Eskimos, denn die können es wirklich nicht bilden, weil es dort, wo sie leben, wirklich keine Sonne gibt. Bei uns schon, aber nur 3 Monate lang, nämlich von Juli bis September wird Vitamin D durch das Sonnenlicht aus Cholesterin gebildet. Aber nur, wenn wir unbekleidet sind und keine Sonnenschutzmittel benutzen. Die Eskimos essen Kaltwasserfische wie Heringe und Makrelen, die schon Vitamin D enthalten. Ohne diese Fische könnten sie dort wirklich nicht leben. Aber eigentlich ist Vitamin D ein Hormon, das „Sonnenscheinhormon."

Sie schaute mich erstaunt an.

„Und warum hat man uns das nicht gesagt?"

„Uns wird vieles nicht gesagt, also müssen wir uns selbst darum kümmern!"

Sie steckte sich einen Bissen in den Mund und lächelte mich dann erneut an.

„Und, was gibt es sonst noch Interessantes? Ich hätte es gerne aus erster Quelle."

Ich lächelte sie an. Sophia war wirklich eine schöne Frau und sie flirtete ganz ungeniert mit mir. Sie hatte sofort gespürt, wie man mit mir ins Gespräch kam. Ich musste Davide beneiden. Ich wusste nichts von ihr. Er hatte nie etwas über sie gesagt. Sie war auch klug, schon wie sie fragte. Ich schaute in ihre Augen. Sie funkelten und sie waren sehr hell. Ja, diese Frau war etwas Besonderes. Ich strahlte sie an.

„Gerne erzähle ich dir noch mehr über unsere neuen Themen. Ich finde es ja auch selbst alles so spannend. Fast jeden Tag gibt es etwas Neues. Ich muss ziemlich aufpassen, dass ich nichts versäume."

„Davide hat einmal beiläufig von K2 berichtet. Kannst Du mir etwas darüber sagen?"

„Ja, das finde ich auch aufregend. Vitamin K2 ist der Partner des Vitamin D3. Das hört sich hoch wissenschaftlich an, aber es hat ganz praktische Konsequenzen. Nicht nur für die Erwachsenen, sondern besonders auch für unsere Kinder. Für ihr Gebiss zum Beispiel."

Ich machte eine kurze Pause.

„Was hat das Gebiss unserer Kinder mit Vitamin K2 zu tun?"

„Ganz viel! Und es ist schon seit drei Generationen bekannt, aber es wird nicht darüber gesprochen. Das ist besonders für die Kinder bitter!"

„Erzähl!"

„Schon in den dreißiger Jahren des letzten Jahrhunderts wollten Zahnärzte wissen, warum es Menschen gibt, die sehr penibel ihre Zähne putzen und trotzdem an Karies leiden und andere, die noch nie eine Zahnbürste gesehen haben, ganz tadellose

Zähne haben. Sie haben dann ihre Praxis verkauft und sind durch die ganze Welt gefahren, um dieser Frage nachzugehen. Sie haben viele Familien besucht und die Gebisse ihrer Kinder angesehen. Sie fanden, dass es an der Ernährung liegen müsse und sie konnten es dann auch später beweisen, dass es wirklich so war."

Ich machte wieder eine Pause.

„Und wie haben sie das dann geschafft?"

„Sie hatten das Glück, Familien zu finden, die ihren angestammten Wohnort verlassen hatten und in die Großstadt gezogen sind, weil sie hofften, dort besser leben zu können. Dort haben sich dann aber schlagartig auch ihre Ernährung und ihre Essgewohnheiten verändert."

Sie schob einen weiteren Bissen in den Mund und schaute mich dann verblüfft an.

„Das Essen in der Stadt war ganz anders als das vorher auf dem Land. Es fehlten die Fette, dafür gab es jetzt mehr Kohlehydrate. Vorher gab es Butter und Eier in ausreichendem Maß. Die Tiere wurden mit Grünfutter versorgt oder sie waren die meiste Zeit auf der Weide. Das alles gab es dann später nicht mehr. Die Ernährung der Städter kam von Tieren, die das ganze Jahr im Stall standen und Getreide zum Fressen bekamen, denn durch die industrialisierte Landwirtschaft war der Getreidepreis sehr stark gefallen. Nur deshalb konnte man die Tiere auf diese Weise ernähren."

„Und, was war mit den Gebissen der Kinder?"

„Das besondere bei den ganzen Untersuchungen war, dass es Kinder gab, die noch in der alten Heimat geboren wurden. Sie hatten sehr schöne Gebisse. Wenn sie lachten, dann sah man, dass alle Zähne in einer Reihe standen, weil das Gebiss breit genug war, um alle Zähne aufzunehmen."

Ich machte eine kurze Pause.

„Dann wurden in der gleichen Familie später weitere Kinder allerdings dann in der Stadt geboren und nichts passte mehr."

Ich holte tief Luft. Denn das Ganze belastete mich auch emotional.

„Die Kiefer waren nämlich plötzlich viel zu klein. Die Zähne hatten jetzt plötzlich überhaupt keinen Platz mehr. Sie standen jetzt schief und krumm. Später konnte nachgewiesen werden, dass die Entwicklung des Nasenskeletts und des Kiefers zusammenhängen und dass dabei eine ausreichende Menge von Vitamin K2 eine Rolle spielte. Ich muss allerdings erwähnen, dass die Bezeichnung Vitamin K2 erst in den 90er Jahren des letzten Jahrhunderts aufkam. Vorher wurden andere Bezeichnungen benutzt. Aber dann konnte wirklich nachgewiesen werden, dass es sich immer um das Vitamin K2 gehandelt hatte."

Sophia schaute mich entsetzt an.

„Warum weißt du das alles und ich nicht?"

„Nun, ich habe mich mit all diesen Themen die letzten Jahre intensiv auseinandergesetzt. Ich habe viel gelesen und alles hat mich interessiert. So konnte ich all mein Wissen zusammenbringen."

„Aber, du weißt, was das bedeutet, was du mir da gerade gesagt hast?"

„Ja klar, weiß ich das! Bei der richtigen Ernährung wären alle Kieferorthopäden arbeitslos!"

Sie atmete jetzt ebenfalls tief durch und nahm einen großen Schluck aus ihrem Weinglas.

„Aber, was ich noch immer nicht verstehe, ist, welche Partnerschaft Vitamin D3 mit Vitamin K2 hat?"

Ich lehnte mich zurück. Eigentlich wollte ich ja heute keine Vorträge mehr halten. Lieber den Abend genießen. Aber irgendwie war diese Frau wirklich interessant. Sie interessierte sich für mich. Das gefiel mir gut. Irgendwie war auch Davide gerade nicht zur Stelle. Wir konnten also entspannt mit einander reden. Und sie gefiel mir. Wir hatten dieselbe Wellenlänge.

„Das Vitamin D holt das Kalzium in die Blutbahn. Es bleibt also in den Blutgefäßen hängen. Zu viel davon ist aber in den Blutgefäßen nicht gut."

Ich machte eine Pause.

„Jetzt kommt das Vitamin K2 ins Spiel. Es transportiert dann das Kalzium weiter in die Knochen und in die Zähne, genauer, die Knochen können das Kalzium zusammen mit Vitamin K2 einfach besser aufnehmen. Dahin soll es ja. Deshalb ist Vitamin K2 auch so wichtig für eine gute Ernährung."

Sie schob sich noch ein Stück vom Schokoladenkuchen in den Mund und legte dann den Löffel beiseite.

„Falls Du noch Lust hast, bitte erkläre mir noch das Bor."

„Das Bor? Das Bor ist wie das Selen, es ist auch ein Spurenelement. Bor ist in Pflanzen und Früchten enthalten. Bor verbessert auch die Calciumaufnahme. Bor hemmt Entzündungen. Leider haben wir hier davon auch zu wenig in unserem Körper. Wir brauchen aber drei Milligramm täglich."

„Aber warum brauchen wir Bor?"

„Bor beseitigt letztendlich die stille Entzündung, die leider bei der Aktivierung von Vitamin D in den Nieren entsteht. Der Bor-Mangel ist auch ein Risikofaktor für Krebs."

Sie schaute mich an. Vielleicht war es jetzt doch ein bisschen zu viel an Erklärungen beim Abendessen. Aber sie wollte es ja wissen.

„Hinzu kommt noch das Microbiom, aber das besprechen wir das nächste Mal."

Microbiom, was ist das?" Sie ließ jetzt einfach nicht mehr locker. Jetzt wollte sie alles wissen.

„Das ist die Gesamtheit aller Bakterien, die in unserem Magen-Darm-Trakt leben. Wenn wir geboren werden, dann ist unser Darm noch vollständig steril, denn es leben noch keine Bakterien darin. Tritt das Baby mit dem Kopf durch den Muttermund, dann nimmt es Bakterien aus der Scheidenflora der Mutter auf. In den folgenden Jahren entwickelt sich dann die Darmflora des Kindes zu einem immensen, komplexen, individuellen Microbiom. Das Microbiom eines gesunden Erwachsenen beträgt über 1kg an Gewicht. Es ist sehr individuell wie unser Fingerprint."

„Aber Kinder werden doch heute durch Kaiserschnitt entbunden, oder?"

„Der Beginn des Microbioms durch eine natürliche Geburt ist von erheblicher Bedeutung für die spätere Gesundheit des Menschen. Es findet allerdings so nicht statt, wenn Kinder durch Kaiserschnitt entbunden wurden. Mehr als 1/3 der Geburten erfolgen heute durch Kaiserschnitt. Diese Kinder bekommen ja dann auch häufiger Neurodermitis oder Asthma."

„Welche Rolle spielt dabei das Vitamin D?"

„Der Mangel an Vitamin D verändert auch die Darmflora. Es sind dadurch vermehrt krankmachende Escherichia Coli-Bakterien nachweisbar."

Jetzt hatten wir aber wirklich genug geredet. Ich lächelte ihr zu.

„Wir können ja später noch weiter darüber sprechen", sagte ich. Die Zusammenhänge sind ja alle doch ziemlich kompliziert."

„Ja schon, aber du kannst ja alles doch so gut erklären, dann ist es ganz einfach für mich, das alles zu verstehen."

„Danke", sagte ich und schaute sie an.

Sie war wirklich eine kluge Frau. Ich beglückwünschte Davide zu dieser Frau. Hoffentlich wusste er das auch.

Der Nachtisch hatte allen geschmeckt. Einige hatten noch Schokoladereste am Mund.

Jetzt wollten aber alle plötzlich nach Hause gehen, und wir standen nacheinander auf.

Ich gab Ben und Davide die Hand und küsste Sophia und auch Jennifer, mit der ich leider den ganzen Abend gar nicht gesprochen hatte.

Dann war ich draußen. Ich stand auf der Straße und schaute umher.

So gerne hätte ich jetzt Anna in den Arm genommen. Aber sie war ja gerade in Hamburg. Sollte ich denn jetzt gleich nach Hause fahren oder doch noch etwas spazieren gehen?

Dann stand plötzlich Sophia wieder neben mir und hielt meine Hand.

„Davide und Ben gehen noch etwas trinken, aber ich habe keine Lust dazu. Wir beide könnten doch noch etwas miteinander unternehmen, oder?

„Ich habe auch noch keine Lust nach Hause zu gehen, weil Anna heute ja noch in Hamburg ist. Aber wir könnten doch noch ins O.N. gehen und dort einen Cocktail nehmen."

Sie hängte sich bei mir ein und wir gingen zusammen weiter ins Zentrum der Stadt.

„Wie fühlst du dich ohne Anna?" fragte sie mich.

"Anna ist eine besondere Frau. Es wird sich erst noch zeigen, wie wir zusammenpassen. Es wird sich erst noch herausstellen, wie wichtig es für uns beide ist, dass wir zusammen sind. Wir sind noch am Experimentieren. Das dauert noch etwas. Aber, wenn sie nicht da ist, dann vermisse ich sie schon sehr. Dann spüre ich eine gewisse Unruhe in meinem Körper."

Sie zog mich stärker zu sich heran. Wir gingen langsam weiter und sie sagte nichts mehr.

Dann kamen wir am O.N. an.

Ich schaute hinein. Heute arbeitete Luisa nicht, sie hatte wahrscheinlich heute ihren freien Tag.

Kevin stand stattdessen hinter dem Tresen. Er kannte mich auch von früher und winkte mir zu.

×

Wir setzten uns an einen der Bartische und Kevin war sofort zur Stelle.

Zunächst stellte ich Sophia vor. Er gab ihr die Hand.

„Was wollt ihr trinken?"

Sophia bestellte einen White Russian. Sie wollte nochmals einen Nachtisch mit Kakao haben.

„Am liebsten würde ich heute einen Gimlet nehmen. Könntest Du ihn mit einem besonderen Gin machen. Mit Monkey 47?"

„Gerne, mache ich dir!"

Wir saßen zusammen und ich schaute sie an. Die langen schwarzen Haare waren jetzt hochgesteckt. Sie hatte einen kurzen Rock an und ziemlich hohe Absätze. Sie sah richtig sexy aus.

„Was machst Du eigentlich beruflich?" fragte ich sie.

„Im Moment arbeite ich noch in der Firma meines Vaters. Wir machen verschiedene Teile für die Autoindustrie. Das läuft recht gut. Aber Familienbetriebe sind oft schwierig und deshalb überlege ich mir, ob ich nicht etwas Eigenes machen könnte. Aber meine Familie will unbedingt, dass ich bleibe."

„Wie lange bist du schon mit Davide zusammen?" Diese Frage war natürlich mutig.

„Wir kennen uns jetzt seit drei Jahren. Er hat damals bei uns im Betrieb gearbeitet und sich dann später selbstständig gemacht. Jetzt ist er ja sehr erfolgreich."

„Ja, wir alle haben durch die gemeinsame Arbeit sehr profitiert. Vielleicht können wir das ja nochmals wiederholen!"

„Du bist dir nicht sicher?"

„Nein, natürlich nicht. Wir brauchen jetzt auch ein bisschen Glück. Es muss etwas herauskommen, das sich dann auch vermarkten lässt. Die Industrie muss daran interessiert sein und das weiß man natürlich am Anfang nicht so genau."

„Aber, es macht euch Spaß, das kann man sehen."

„Ja das ist das tolle, dass wir etwas machen können, das uns gleichzeitig auch noch Spaß macht. Das kommt ja nicht so häufig vor."

Sie lachte mich an.

Aber wie sie das machte! Oh, je, ich würde doch jetzt nicht gleich meinen Kopf verlieren?

Kevin stand neben uns und brachte die Drinks. Der White Russian war perfekt geschichtet. Oben gab es die Sahne. Er hatte noch zusätzlich etwas Muskat darüber gestreut. Mein Gimlet duftete stark nach Limette. Ein Stück einer Limette schwamm auch noch zusätzlich oben.

Wir prosteten uns zu. Sie strahlte mich wieder an.

„Oh, das schmeckt aber gut."

Sie hatte in den Mundwinkeln noch etwas Sahne, daneben blitzte ihr roter Lippenstift hervor. Ich musste lachen, gab ihr meine Serviette und sie tupfte die Sahne vorsichtig ab.

Dann passierte es plötzlich!

Wir küssten uns nämlich. Zunächst ganz vorsichtig, dann aber schon etwas heftiger und dann spürte ich auch ihre kleine Zunge.

Dann setzte ich mich wieder hin und versuchte, auch wieder etwas ruhiger zu werden. Sie nahm noch einen Schluck aus ihrem Glas. Sie sagte nichts. Die Musik lief weiter.

Ich spürte jetzt die Spannung, die Luft knisterte um mich herum, und mein Körper spürte es auch. Es war ganz deutlich.

Sie stand dann plötzlich ganz langsam auf und stellte sich neben mich.

Dann legte sie ihren Arm um meine Schulter. Ich blickte sie an und wir küssten uns erneut. Sie zog mich zu sich heran und ich ließ es geschehen. Nein, ich selbst zog sie danach auch wieder zu mir zurück.

Mir war jetzt ganz heiß. Ich lächelte sie wieder an. Sie setzte sich zurück auf den Barhocker. Jeder nahm wieder einen Schluck aus seinem Glas.

Keiner sagte jetzt mehr etwas. Es gab jetzt nichts mehr Wichtiges, was hätte besprochen werden müssen. Alles andere war plötzlich ganz belanglos.

Wir waren jetzt plötzlich zusammen, hatten uns geküsst und irgendwie musste jetzt der nächste Schritt passieren, denn das Programm war bereits fertig und musste nur noch weiterlaufen, der nächste Schritt stand uns nun bereits bevor.

Kevin kam vorbei und fragte, ob die Drinks in Ordnung seien. Wir nickten und er strahlte uns an.

Dann waren wir wieder alleine.

×

Wir gingen dann zu mir!

189

Wir hatten uns einfach in ein Taxi gesetzt, das etwa hundert Meter entfernt stand und waren dann in meine Wohnung gefahren.

Blitzschnell waren wir beide im Schlafzimmer verschwunden.

Sie war sehr leidenschaftlich. Sehr schmiegsam. Wir verstanden uns gut. Sie war wirklich eine tolle Frau. Wir hatten uns völlig verausgabt. Wir schnappten nach Luft.

Aber am nächsten Morgen war mein erster Gedanke: Anna.

Nein, ich hatte jetzt wirklich kein schlechtes Gewissen.

Aber ich vermisste jetzt Anna. Wo war sie eigentlich? Warum waren wir eigentlich nicht zusammen?

Ach ja, sie war ja mit ihrem Chef unterwegs! War sie nicht gerade in Hamburg? Doch, schon! Wann würde sie wiederkommen? Heute oder morgen?

Nach dem Frühstück ging Sophia nach Hause. Wir küssten uns noch an der Haustüre Sicherlich würden wir uns wiedersehen.

Davide würde nichts davon erfahren.

Auch Anna nicht. Wir küssten uns. Dann war sie weg! Wir winkten uns noch aus der Ferne zu. Es war toll mit ihr gewesen. Aber eigentlich wartete ich ja auf Anna.

×

Ich war nun wieder alleine in meiner Wohnung. Langsam trank ich meinen Kaffee. Ich stand wieder am Fenster und schaute hinüber. Alles war noch dunkel bei ihr, sie war noch immer nicht zurück. Ich musste also warten. Eigentlich warteten sonst ja die Frauen auf ihre Männer, aber hier war es anders. Hier wartete ein Mann auf seine Frau.

Es war jetzt eigentlich wieder eine Form von Stress. Das kannte ich ja schon. Das hatte mich ja damals auch zum Burnout gebracht. Aber so weit war es ja noch lange nicht. Das war mir klar. „Bleib doch gelassen!", sagte ich immer wieder zu mir.

Die Sache mit Burnout war ja gesellschaftlich gesehen völlig unklar. Die Diagnose gab es ja offiziell überhaupt nicht. Die Weltgesundheitsorganisation hatte diese Diagnose noch gar nicht in ihrer Liste aufgenommen. Jede Diagnose bekam dort einen Code. Dies erleichterte die Zuordnung von Krankheiten. Bisher fehlte ja dieser Code für Burnout. Es gab lediglich Umschreibungen. Empfohlen wurde: „Faktoren, die zur Inanspruchnahme des Gesundheitswesens führen" oder „Probleme, mit Bezug auf Schwierigkeiten bei der Lebensbewältigung". Diese Diagnosen waren ohne genauere Beschreibung der Problematik. Die Erkrankung Burnout war noch immer nicht genau definiert, und es gab immer noch keine eindeutige Symptomliste. Also wurden auch andere Diagnosen benutzt, die bei Patienten dann zur Verwirrung und Unsicherheit führten.

Wie sah die praktische Diagnosefindung überhaupt aus?

In der Regel wurden Fragebogen benutzt. Diese waren allerdings bei Ärzten nicht sonderlich beliebt, weshalb diese meist von ihren Arzthelferinnen eingesetzt wurden. Aber, was sollten Fragebögen? Letztlich war ja das ärztliche Gespräch das Wichtigste. Fragebögen erleichterten wahrscheinlich den Einstieg für ein solches Gespräch. Dann musste die Diagnose gestellt werden. So oder so. Und dann kam die Therapie. So war es immer. Die Therapie folgte der Diagnose!

Und die Therapie? Wie sah die aus?

Das Spektrum der Behandlungsmöglichkeiten war immens groß. Der Therapeut entschied aber letztendlich selbst über die Therapie. Nichts war ja definiert. Es gab keine sogenannten Leitlinien, wie Burnout behandelt werden sollte. Die persönlichen Präferenzen und die Fähigkeiten des Therapeuten flossen dann in die tatsächliche durchgeführte Therapie ein.

Wie funktionierten sie genau?

Die meisten Behandlungskonzepte bauten auf drei wesentlichen Kernpunkten auf:

Entlastung, Erholung und Ernüchterung.

Diese Konzepte hatte ich auch ausführlich in den Sitzungen mit meinen Therapeuten in der Klinik besprochen.

×

Ich hatte meinen Kaffee ausgetrunken und ging wieder ans Fenster. Es hatte sich nichts geändert. Das sah ich sofort. Aber sicherlich hatte Anna mir inzwischen eine E-Mail geschrieben. Ich musste nachsehen und schaltete deshalb meinen Rechner an.

Das Programm fuhr hoch. Ich startete das E-Mail-Programm. Verschiedene Mails hatten sich angesammelt. Auch die E-Mail von Anna war dabei.

„Ist dir schon ein bisschen langweilig? fragte sie mich. „Ich bin heute Abend wieder zurück. Hast du Lust Sushi zu essen? Ich melde mich bei dir."

Noch heute würde ich sie wiedersehen. Sie freute sich auf mich. Ich konnte es kaum erwarten und zählte die Stunden.

Ich blieb an meinem Schreibtisch sitzen und ging nochmals meine Aufzeichnungen durch.

Danach sah ich mir die anderen E-Mails an.

Davide hatte mir geschrieben und lobte meine Ausführungen beim Vortrag. Alles hatte so verständlich geklungen. Er und Ben waren begeistert gewesen. Ganz bestimmt würde auch unsere neue Arbeit ein voller Erfolg werden.

Ich war etwas beklommen. Sicherlich wusste er noch nichts über den Abend und die Nacht mit Sophia.

Ich stand auf und ging zum Fenster. Es war weiterhin alles dunkel bei ihr.

Hatte sich etwas verändert in der Beziehung zu Anna?

Natürlich nicht! Ich war zwar etwas schwach geworden, als ich Sophia gegenübersaß, aber das war alles gewesen. Mit Anna hatte das alles überhaupt nichts zu tun. Eine typisch männliche Denkweise allerdings. Aber ich musste es ja niemandem erzählen. Und Sophia sah das bestimmt genauso.

Das dachte ich, als ich so am Fenster stand. Ich schaute zu ihr. Sie war die Traumfrau für mich. Mit ihr wollte ich zusammen sein. Sophia war nur kurz dazwischengeraten.

Ich wusste, dass das nicht fair war, aber ich konnte es nicht mehr ändern.

Immer noch stand ich am Fenster und schaute hinüber.

Der Computerfreak war zu Hause und saß an seinem PC. Wild tippte er diesmal Daten ein. Er starrte auf den Bildschirm. Diesmal sah er wahrscheinlich keine Pornos an. Er musste wohl wirklich arbeiten. Er war jetzt unter Zeitdruck. Er musste eine Arbeit abliefern. Er hämmerte auf die Tastatur ein. Er starrte weiter auf seinen Bildschirm. Irgendwann hatte ich genug gesehen.

Bei Anna war immer noch kein Licht.

Dann schaute ich wieder zu den Italienern.

Aber es war wie immer. Sie saßen am Tisch und waren in lebhafte Gespräche verwickelt. Die Mutter stand auf und ging in die Küche, um wieder eine Schüssel zu holen. Sie lief mit der Schüssel um den Tisch herum und gab jedem einen großen Schöpflöffel auf den Teller. Eine Minestrone gab es also. Alle löffelten und wischten sich danach mit ihren Servietten die Münder ab. Dann folgte der nächste Gang. Ich sah jetzt eine große Schüssel mit

Spaghetti auf dem Tisch. Alle schöpften sich. Danach kam die Soße. Ich hatte genug gesehen.

Ich schaute nach unten. Zu den Männern.

Es war zunächst dunkel und plötzlich wurde aber das Licht angeschaltet. Sie kamen gerade nach Hause. Sie zogen ihre Jacken aus und gingen dann in die Küche. Auch sie wollten beide jetzt etwas essen.

Ein Kochtopf kam auf den Herd, dann eine Pfanne. Sie kochten auch Nudeln und dazu bekam jeder ein Steak aus der Pfanne. Dann setzten sie sich an den Esstisch und begannen zu essen.

Sie unterhielten sich kaum. Jeder stocherte in seinem Essen herum. Waren sie etwa in der Krise? Gab es Schwierigkeiten? Bald waren die Teller leer. Irgendwie war es langweilig den beiden zuzusehen. Ich musste weiter. Ich hatte jetzt genug gesehen.

Darunter war es auch dunkel. Der alte Mann war noch immer nicht zurückgekehrt. Wahrscheinlich war er immer noch bei seinen Kindern. Kam er jemals wieder zurück?

Mein Blick ging noch weiter nach unten. Auch der Student war zu Hause. Eine junge Frau saß neben seinem Tisch und schaute auf ihr Handy. Hatte er jetzt eine Freundin? Das war schon möglich!

Ich stand immer noch am Fenster und träumte so vor mich hin.

Eigentlich interessierten mich die Bewohner gegenüber nicht besonders.

Eigentlich wartete ich ja nur auf Anna. Hoffentlich kam sie bald zurück!

Vielleicht sollte ich mal wieder nach meinen E-Mails sehen? Ich setzte mich deshalb wieder an meinen Rechner.

Eine neue E-Mail von Anna war da:

„Lieber Paul, Du hast sicherlich gehört, dass gerade ein Sturm über Hamburg hinwegbraust. Der Rückflug verzögert sich um über eine Stunde. Habe Geduld! Ich melde mich wieder."

Anna war also noch immer in Hamburg!

×

Irgendwann hatte ich mich auf mein Bett gelegt und war dann erschöpft eingeschlafen.

Im Traum sah ich Anna.

Sie lächelte mich an. Ich hörte auch ein Geräusch und war dann auch wach. Wo kam es her? Dieses Geräusch war wirklich meine Klingel. Also stand ich etwas schlaftrunken auf und nahm den Hörer der Sprechanlage ab. Ich hörte eine bekannte Stimme.

„Hallo Paul, hier ist Anna!"

Ich drückte auf den Türöffner.

Dann stand sie an meiner Tür und wir lagen uns in den Armen.

Ich war so froh, dass sie da war. Ich hätte fast geweint vor Freude.

Ich trug sie zu mir ins Bett, aber sie hatte Hunger und wollte etwas zu essen haben.

Der Pizza-Service zwei Straßen weiter war bereit, uns noch mit Essen und Trinken zu versorgen. Schon nach zwanzig Minuten war alles auf einem Tablett auf dem Bett ausgebreitet.

Jeder hatte ein Glas Rotwein in der Hand und wir prosteten uns zu. Ich reichte Anna ein großes Pizzastück.

Sie lachte und ein großer Bissen verschwand in ihrem Mund.

Ohne uns vorher die Zähne zu putzen, liebten wir uns.

×

Am nächsten Morgen blieben wir lange liegen. Keiner hatte es eilig aufzustehen. Irgendwann holte ich dann doch Kaffee aus der Küche. Ich kam zurück und reichte ihr eine große Tasse mit Kaffee.

„Ich bin ja ein Diplomatenkind", sagte sie plötzlich. Es war wie ein Selbstgespräch. Ich war überrascht.

Sie berichtete von sich. Das hatte ich schon kapiert. Ich sollte mehr von ihr erfahren. Das war ein Vertrauensbeweis. Ich war mir dessen bewusst. Ich hörte ihr deshalb auch genau zu.

Sie setzte sich auf und hielt ihre Kaffeetasse in der Hand.

„Als meine Eltern sich kennenlernten war mein Vater Botschafts-angehöriger bei der deutschen Botschaft in Kopenhagen und meine Mutter war Friseurin in einem eleganten Salon dort. Sie gab ihren Beruf dann aber auf, als ich auf die Welt kam und ging mit meinem Vater, als er in andere Botschaften versetzt wurde, um die Welt. Als Kind war ich alle paar Jahre in einem anderen Land. In Sri Lanka, auf Bali und auch in Nord- und Südamerika. An Montevideo, in Uruguay, kann ich mich noch gut erinnern. Dort hatte ich auch meine beste Freundin. Sie war die Tochter unserer damaligen Nachbarn."

Sie machte eine Pause und trank aus ihrer Kaffeetasse.

„Ich habe sie sehr gemocht. Vielleicht war sie auch die Schwes-ter, die ich mir immer so sehr gewünscht hatte. Vor kurzem hat sie geheiratet. Inzwischen ist der Kontakt aber leider abgebro-chen. Ich weiß nicht mehr, wo sie wohnt und nicht mehr wie sie jetzt eigentlich heißt. Ich finde sie auch nicht mehr im Internet. Ich vermisse ihre Briefe sehr."

Sie machte wieder eine Pause und trank wieder aus ihrer Tasse.

„Dann war ich in einem Internat am Bodensee. Meine Eltern zogen weiter durch die Welt. Ich war aber froh, dass ich nicht mitreisen musste. Meine Mutter wurde dann aber krank. Ich beobachtete sie, als ich sie in den Ferien besuchte. War es Heimweh oder auch der Alkohol, ich weiß es nicht. Aber sie nahm immer mehr ab und eines Tages war sie dann tot. Das war dann auch das Ende meines Vaters. Er stürzte ab. Er hat sich eigentlich nie mehr wieder davon erholt."

Wieder machte sie eine Pause.

„Ich war jetzt viel allein. Ich hatte nun keinen Kontakt mehr zu ihm. Es war etwa die Zeit als ich Abitur machte. Er hat mir Geld hinterlassen, so dass ich dann danach studieren konnte. Ich habe mich sofort ins Studium gestürzt und nur noch gearbeitet Tag und Nacht. Meine Lebensfreude hatte ich vollständig verloren."

Sie machte wieder eine Pause.

„Mein Examen war später sehr gut. ich konnte mir dann meine erste berufliche Stelle aussuchen. Ich bin dann dort gelandet, wo ich gerade immer noch bin. Ich habe es bisher nicht bereut. Mein Chef verlangt viel, aber ich kann alles schaffen. Wir sind ein gutes Team. Er lässt mir immer wieder Freiräume. Wenn es brennt, dann bin ich zur Stelle. Er kann sich auf mich verlassen."

Sie lehnte sich zurück und schaute mich an. Sie beobachtete mich. Wie würde ich jetzt reagieren? Würde ich sie kritisieren?

Ich küsste sie und umarmte sie dann. Sie entspannte sich etwas.

Ich spürte, dass dieses Thema um die Familie einen sehr sensiblen Bereich darstellte. Wahrscheinlich hatte sie sich innerlich vorbereitet, um mir diese Dinge nun zu sagen. Sie wollte damit Informationen austauschen und meine Reaktion abwarten. Es war ein Vertrauensbeweis, dass sie mir heute davon berichtete. Es war aber auch ein Test. Sie wollte sicher gehen, wie ich reagieren würde. Ich wusste es zu schätzen.

Ich streichelte ihr Gesicht. Sie entspannte sich. Sie sah nun, wie gelassen ich ihren Bericht aufnahm. Sie war jetzt ohne Anspannung. Sie lächelte mich an. Sie war erleichtert über meine Reaktion.

Dann sprach sie weiter.

„Ich konnte meiner Mutter nicht mehr helfen. Meine Eltern hatten sich ja auch ganz auseinandergelebt. Warum das so war, das habe ich nicht verstanden. Waren sie einfach zu unterschiedlich gewesen? Wahrscheinlich! Aber ich konnte es nicht verhindern."

Sie hatte Schuldgefühle, aber sie war ja damals noch ein Kind gewesen, später dann eine Jugendliche. Sie konnte beide nicht wieder zusammenbringen. Das war einfach unmöglich gewesen.

Ich nickte ihr zu. Sie nickte mir ebenfalls zu.

„Mein Vater hatte jahrelang kein freundliches Wort für meine Mutter mehr übriggehabt. Immer hatte er etwas an ihr auszusetzen. Ich fand es damals ziemlich schlimm. Aber er weinte dann hemmungslos an ihrem Grab. Es war schauerlich. Es war nicht auszuhalten. Er war mir jetzt plötzlich so fremd geworden. Ich war damals etwa zwanzig Jahre alt. Ich fühlte mich erwachsen und hatte auch damals einen festen Freund. Ich glaubte damals vom Leben schon einiges zu wissen. Es war in Kopenhagen. Dort wurde meine Mutter geboren und dort ist sie auch gestorben und begraben."

Es legte sich jetzt eine Schwere auf uns. Ich spürte plötzlich diese Last. Keiner sagte ein Wort mehr. Ich legte mich neben sie und streichelte ihren Arm. Ich spürte ihren Atem. Dann schlief sie in meinen Armen ein und atmete ruhig.

Später erwachte sie wieder und begann dann weiter zu sprechen.

Sie seufzte tief.

„Am Grab meiner Mutter bin ich dann einfach nach der Beerdigung sofort weggegangen. Ich konnte nicht mehr. Ich überließ die ganze Verwandtschaft sich selbst. Sie sahen mir nach. Aber niemand holte mich zurück. Ich war völlig außer mir. Ich wollte mit ihnen nichts mehr zu tun haben. Ich habe sie nicht verstanden. Wir waren getrennt. Ich wusste aber auch nicht, was ich jetzt tun sollte. Irgendwie kam ich aber später dann doch wieder zu mir."

Sie machte eine Pause und wir schwiegen zusammen. Ich streichelte sie.

„Ich hatte ja dann jahrelang keinen Kontakt mehr zu meinem Vater gehabt. Ich zog um und gab ihm keine Adresse mehr von mir. Dann erhielt ich aber über entfernte Verwandte die Nachricht, dass er selbst schwer erkrankt sei. Er würde nicht mehr lange leben."

Ich streichelte sie weiter. Sie seufzte tief.

"Ich beschloss dann irgendwann doch, ihn zu besuchen. Ich hatte plötzlich das Gefühl, dass es für mein weiteres Leben wichtig war, ihn nochmals zu sehen. Er lebte damals in New York. Ich kam dort an und ich stellte fest, dass er eigentlich völlig gesund war. Ich verstand jetzt gar nichts mehr. Ich dachte zuerst, es wäre nur eine List gewesen, um mich zu ihm zu bringen, und ich war zunächst auch ziemlich empört gewesen. Aber er war dann doch nicht wirklich gesund, wie sich später auch herausstellte. Er hatte nur gerade eine gute Phase erwischt, eine Remission, wie mir damals gesagt wurde. Er musste nämlich ständig zu Kontrollen ins Krankenhaus. Aber die Krankheit war ihm damals zunächst nicht mehr anzumerken."

Ich zog sie an mich und küsste sie. Sie seufzte und nach einer Pause sprach sie weiter.

„Immer wieder musste mein Vater deshalb wieder ins Krankenhaus. Er war dann immer auf der gleichen Station. Dort wurde er immer von derselben Ärztin behandelt. In diese Ärztin verliebte er sich dann auch noch. Sie hieß Alexandra. Er hatte Charme und sie war ihm erlegen. Er strahlte, wenn sie das Zimmer betrat. Sie war allerdings davon überzeugt, dass sie mich und meinen Vater wieder näherbringen müsste. Gerade jetzt, am Ende seines Lebens. Sie wollte uns beide versöhnen, bevor er sterben würde. Aber es gab da nichts zu versöhnen, keinen Groll, keine Vorwürfe, keine Dramen."

Sie machte wieder eine Pause.

„Aber sie hatte nichts begriffen. Ich mache ihr heute keine Vorwürfe mehr. Immerhin war sie eine Ärztin. Menschen kommen sich nahe und manche nicht. Dabei spielt die Verwandtschaft keine Rolle. Mein Vater und ich waren eben nicht auf der Suche nach dem anderen. Das war halt so. Sie versuchte daraus ein Problem zu machen, aber ich bin nicht darauf eingegangen. Ich bin nicht wütend auf meinen Vater. Ich habe alles so akzeptiert, wie es war. Ich war völlig gelassen"

Ich streichelte ihre Haare.

„Ich erzähle einfach weiter oder langweile ich dich?"

Ich schüttelte den Kopf.

„Mein Vater hatte in New York ein großes Apartment. Er hatte es irgendwann von seinem Vater geerbt. Es war damals in einer ziemlich heruntergekommenen Gegend im Stadtteil Soho. Aber in der Zwischenzeit hatte sich dort alles sehr verbessert. Die Künstler und Musiker waren ausgezogen und Geschäftsleute, die Banken und die Versicherungen waren dafür gekommen. Das Apartment war also inzwischen stark an Wert gestiegen."

Sie atmete tief.

„Als ich in die Wohnung eintrat, roch es dort ziemlich befremdlich. Irgendwie roch es nach Krankheit. Vielleicht waren es ja die Desinfektionsmittel, die in Amerika intensiver benutzt werden als bei uns hier in Europa. Aber auch mein Vater hatte einen ungewöhnlichen Geruch. Ich konnte mir das nicht erklären. Wir klammerten damals alle unangenehmen Fragen aus. Jeden Tag gingen wir auf Tour. Er zeigte mir seine Stadt. Er war der beste Fremdenführer dieser Stadt. Es war wie im Urlaub. Er wollte mir alles zeigen. Und ich war begeistert. Diese Welt war für mich damals vollkommen neu gewesen."

Sie überlegte nun, was sie weiter berichten sollte.

„Wir vermieden es damals beide, über meine Mutter zu reden. Keiner kritisierte den anderen. Alle vier Wochen ging er zur Kontrolle ins Krankenhaus. Hätte er das nicht machen müssen, wäre niemand auf die Idee gekommen, dass er überhaupt krank war. Immer kam er dann fröhlich von dort zurück und berichtete, dass alles in Ordnung sei. Eigentlich bräuchte er gar nicht mehr dort hinzugehen, aber er tue es seiner Ärztin zu Liebe. Er wolle sie nicht enttäuschen. Das war alles wirklich sehr seltsam. Er konnte wirklich alles sehr gut verdrängen. Typisch Mann!"

Wieder machte sie eine Pause.

„Mit Geld versorgte er mich reichlich. Er gab mir Kontovollmacht. Das Leben war nun sehr angenehm für mich. Ich hatte immer genügend Geld zur Verfügung."

Sie schwieg einen Moment.

„Er ließ mir auch meine Freiheit. Ich konnte auch alleine meine Unternehmungen machen. Erst am frühen Abend trafen wir uns und entschieden dann spontan, ob wir essen gingen oder zuhause kochten und danach noch in ein Konzert oder ins Kino gingen."

Sie schaute mich an. Sollte ich etwas dazu sagen? Nein, ich hörte aufmerksam zu. Ich sagte nichts dazu.

„Am Anfang waren wir beide ganz unter uns, danach lernte ich auch Freunde und Bekannte meines Vaters kennen. Sie luden uns manchmal auch zu Partys ein. Bei solchen Angelegenheiten wurde ich immer ausführlich befragt. Ich stand dann oft im Mittelpunkt. Aber, das machte mir großen Spaß. Ich genoss das alles."

Ich sagte weiterhin nichts dazu.

„So vergingen die ersten Monate.

Das Leben war angenehm. Ich eroberte tagsüber die Stadt und ließ kein Museum, keinen Park oder andere interessante Orte aus. Abends war ich mit meinem Vater zusammen. Wir beide hatten inzwischen wirklich ein gutes Verhältnis. Er war immer elegant gekleidet und er war immer von charmanter Art, so dass alle ihn mochten. Ich passte mich an seinen Kleidungsstil an. Meine Kleider und Hosenanzüge wurden immer eleganter. Auch meine Sprachfertigkeiten verbesserten sich laufend. Ich las viel, meist nur noch amerikanische Bücher. Dadurch wurden auch meine Sprachkenntnisse immer besser."

Wieder machte sie eine Pause.

„Dann kam doch der Tag, an dem sich sein Zustand plötzlich deutlich verschlechterte. Es ging ihm dann so schlecht, dass er außerplanmäßig in die Krankenhausnotaufnahme musste. Sie behielten ihn dann gleich da und begannen noch am gleichen Tag mit der Chemotherapie."

Wir schwiegen.

„Als ich ihn besuchte, sagte er zu mir:"

„Schade, dass es schon so weit ist. Bald werde ich dich verlassen müssen. Aber die Zeit mit dir war so schön. Ich bin so froh, dass wir beide wieder zusammengekommen sind. Danke! Du hast mich so glücklich gemacht. Niemals hatte ich gedacht, dass wir uns jemals wieder so nahekommen würden. Ich danke dir so sehr!"

Sie seufzte jetzt tief.

„Jetzt war ich plötzlich ganz alleine in der Wohnung. Alles hatte sich verändert. Ich war tagsüber bei meinem Vater und nachts unterwegs."

Pause.

„Jetzt war ich aber plötzlich wirklich sehr alleine. Gerade nachts. Ich wollte etwas Ablenkung und begann für Zeitungen aus Deutschland Artikel zu schreiben. Über Museen, Musicals und Broadway-Aufführungen. Deshalb kaufte ich mir auch einen neuen Computer. Ich stürzte mich dann total in die Arbeit."

Pause.

„Damals lernte ich auch einen jungen Mann kennen."

Sie machte eine Pause. Dann sprach sie weiter.

„Er half mir, den Computer einzurichten, Er besuchte mich in unregelmäßigen Abständen. Wir landeten dann meist in meinem Bett. Diese körperliche Nähe half mir in dieser schwierigen Zeit."

Dann schwieg sie.

Ich nahm sie in meine Arme und drückte sie an mich. Sie zitterte leicht.

Wir schwiegen zusammen und legten uns nebeneinander.

×

Ich war dann auch wieder eingeschlafen und wachte auf, als Anna aufstand.

Sie sammelte ihre Kleider ein, ging um das Bett herum und küsste mich auf die Stirne.

„Ich gehe kurz rüber und melde mich gleich wieder."

Ich schlief weiter. Ich träumte von Anna. Ich lief durch New York und war plötzlich im Central Park. Dann wieder in verschiedenen Museen. Wir standen vor dem Haus, in dem John Lennon gewohnt hatte, kauften das Abendessen bei Zabar`s am Broadway ein und saßen abends am Fenster mit Blick über die Stadt.

Als ich aufwachte war es schon Nachmittag.

Diese Situation kannte ich bereits. Wir waren zusammen und dann war sie plötzlich wieder weg. Sie ging einfach. Daran musste ich mich noch gewöhnen.

Ich beschloss aufzustehen und unter die Dusche zu gehen. Danach kochte ich nochmals Kaffee und setzte mich ans Fenster.

Ich sah zu ihr hinüber. Auch sie trank aus einer Tasse und hatte gerade ihr Handy vor sich. Sie tippe ohne aufzusehen. Wahrscheinlich erwartete sie gar nicht, dass ich am Fenster stand und zu ihr hinübersah.

Still trank ich meinen Kaffee. Ich beobachtete sie. Sie tippte immer noch. Inzwischen war ihre Tasse leer und sie stellte sie auf die Seite.

Dann stand sie auf und ging ins Bad. Auf dem Weg dorthin streifte sie ihren Morgenmantel ab, und ich sah ihren Körper. Er war perfekt. Diese Frau sah einfach unglaublich gut aus. Dann war sie im Bad verschwunden.

Immer, wenn sie weg war, erinnerte ich mich wieder an mein Burnout. Das war schon komisch, oder?

Ich dachte an die Vermeidungsstrategien, die ich in der Reha gelernt hatte. An das Vorbeugen. Das schien mir wichtig zu sein.

Ich hatte gelernt, dass hier auch individuelle, also persönliche Faktoren wichtig waren. Aber auch Faktoren innerhalb der Firmen mussten berücksichtigt werden. Was konnte der einzelne tun, um einen Burnout zu verhindern?

Eine Strategie war, dass Grenzen gesetzt wurden. Die Arbeit durfte nicht völlig „aus dem Ruder laufen". Für mich war wichtig, dass das „Multitasking" vermieden wurde. Keine verschiedenen Arbeiten gleichzeitig, sondern eins nach dem anderen.

Der Perfektionismus musste ebenfalls bekämpft werden. Es musste auch ein Gleichgewicht zwischen Arbeit und Entspannung bestehen.

Wie lassen sich diese Strategien dann in der Praxis umsetzen? Wie konnte das konkret aussehen?

Auch wenn die vorbeugenden Maßnahmen und die individuellen Strategien einen bevor stehenden Burnout reduzieren konnten, blieb es doch fraglich, ob es auch wirklich funktionierte.

Eigentlich waren wir bei unserer Arbeit weitgehend von unserer unmittelbaren Führungskraft und seinem Führungsstil abhängig. Die Führungskraft prägte durch ihren Führungsstil entscheidend die Kultur und das Miteinander am Arbeitsplatz. Wie sollte dieser Führungsstil eigentlich aussehen?

Führungskräfte und Angestellte waren durch eine tragfähige Bindung eigentlich in der Lage, gemeinsam Lösungen zu finden. Die Führungsebene verhielt sich fair und respektvoll ihrer Mannschaft gegenüber. Bei Kritik von außen stellten sich die Führungskräfte vor ihre Mitarbeiter.

Die Führungskräfte zeigten Anerkennung. Individuelle Leistungen wurden gelobt.

Vorbild sein und Visionen mussten entworfen werden, denn Führungskräfte prägten stark die Kultur eines Unternehmens.

Sie stellten Normen auf und führten Umgangsformen ein. Sie gaben Sicherheit und Orientierung.

Dann das Erkennen.

Die Sensibilität für Fehlbelastungen. Veränderungen im Arbeits-, Leistungs- und Sozialverhalten. Der Rückzug. Klagen über körperliche Beschwerden, Veränderungen im Alltagsleben.

Sollte jetzt interveniert werden? Musste jetzt eingeschritten werden? Neue Rahmenbedingungen mussten geschaffen werden. Die Hintergründe mussten geklärt werden. Ziele waren zu vereinbaren.

×

Ich holte nochmals eine Tasse Kaffee aus der Küche.

Dann stand ich wieder am Fenster und schaute hinüber. Ich sah sie nicht, sie war sicherlich noch im Bad.

Ich schaute hoch zum Computerfreak. Er war da und saß aber nicht am Computer. Er saß auf seinem kleinen Sofa und hatte eine Frau in seinen Armen. Wirklich zum ersten Mal hatte er seinen Rechner ausgeschaltet und eine Frau zu Besuch. Ich konnte es kaum glauben. Aber es war so. Sie küssten sich. Ich freute mich für ihn.

Meine Augen wanderten einen Stock tiefer und landeten bei den Italienern. Ja, wirklich, sie saßen auch schon wieder am Tisch und aßen. Die Mutter kam mit einem großen Topf aus der Küche und stellte ihn auf den Tisch. Mit einer großen Zange nahm sie wieder die Spaghetti heraus und verteilte sie auf den verschiedenen Tellern. Ihr Mann hatte einen großen Schöpflöffel in der Hand und gab die Soße hinzu. Die Kinder hatten schon die Servietten umgebunden und warteten auf das Zeichen zum Start. Dann kam er und alle begannen die Pasta zu essen. Es war ein beschaulicher und doch auch friedlicher Anblick.

In der Wohnung darunter war alles dunkel. Das männliche Paar war nicht zu Hause. Überhaupt hatte ich beide schon eine Weile nicht mehr gesehen. Wahrscheinlich waren sie ja verreist.

Die Wohnung der Pflegepatientin lag immer noch im Dunkeln. Der alte Mann war auch noch immer nicht zurückgekehrt. Ob er wohl jemals wieder zurückkam oder jetzt lieber doch bei seinen Kindern blieb?

Der Student schaltete gerade das Licht aus. Gleich würde er zur Haustüre herauskommen. Dann stand er auch schon auf der Straße und zog den Reißverschluss seiner Jacke hoch. Obwohl es bereits dunkel wurde, wollte er noch um den Block joggen. Wahrscheinlich musste er wieder auf eine Prüfung lernen und hatte tagsüber keine Zeit mehr zum Joggen.

Ich schaute wieder hoch und sah, wie Anna gerade aus ihrem Badezimmer herauskam. Sie hatte nichts an. Sie lief durch ihre

Wohnung und hatte tatsächlich nichts an. Dann kam sie ans große Fenster und schaute zu mir. Sie sah mich. Sie winkte mir zu. Ich winkte ebenfalls und dann gab sie mir ein Zeichen, ich solle doch zu ihr kommen.

Okay, das würde ich jetzt machen. Ich hatte verstanden.

Ich ging nochmals ins Badezimmer und putzte mir die Zähne. Dann zog ich mir die Jacke über und löschte das Licht. Draußen war die Luft frisch und ich ging über die Straße. Ich klingelte an der Haustüre und sofort wurde mir geöffnet. Langsam stieg ich ein Stockwerk ums andere hinauf. Es gab ja dort ja keinen Aufzug. Sie stand an der Wohnungstür und sie umarmte mich. Ich zog sie an mich und spürte ihren Körper. Er war weich und stand gleichzeitig unter Spannung. Wir küssten uns. Dann trug ich sie in ihr Schlafzimmer.

×

Irgendwann hatten wir Hunger und bestellten wieder den Pizzaservice. Wir lagen wieder nebeneinander und aßen die Pizzastücke. Sie knabberte an meinem Ohrläppchen und flüsterte mir ins Ohr.

„Schön, dass ich dich kennengelernt habe. Du bist mir so vertraut. Ich bin so glücklich mit dir. Du bist der richtige Mann für mich!"

Ich zog sie zu mir heran und spürte ihren Atem. Sie war weich und zart. Ihre Muskeln waren trotzdem fest und stark. Das war aufregend. So hatte ich das noch nie gespürt. Sie seufzte und drückte sich noch fester an mich.

Dann sagte keiner mehr etwas.

Wir waren satt. Sie hatte aber plötzlich das Bedürfnis weiter zu erzählen. Sie wollte jetzt alles loswerden. Sie wollte sich nun ganz befreien.

Ich war einverstanden.

„Weißt du, als mein Vater so krank war, litt ich unter der Einsamkeit. Aber immer, wenn ich ihn besuchte, redete er dauernd über seine Sex-Geschichten. Wie phantastisch meine Mutter im Bett gewesen sei. Das war mir wirklich sehr unangenehm. Aber ich stoppte ihn nicht. Er sollte an seinen letzten Tagen alles erzählen dürfen, was ihm wichtig war. Aber es war mir trotzdem peinlich. Ich lenkte ihn ab, so oft ich konnte, aber immer wieder kam er darauf zurück."

Ich schwieg und sagte nichts dazu. Was hätte ich denn auch sagen sollen? Ich kannte ja ihren Vater nicht. Aber sein Verhalten war schon seltsam.

„Auch wenn Schwestern und Pfleger ins Zimmer kamen, selbst dann wechselte er das Thema nicht. Er betonte seine Worte, wie wenn es ihm sehr wichtig wäre. Ich schaute mich dann um. Aber ich ließ ihn eben machen.

Die Pfleger kümmerten sich rührend um meinen Vater. Es bestand sogar ein freundschaftliches Verhältnis zwischen ihnen und ihm. Sie entwickelten auch eine Art Geheimsprache und ich war immer irgendwie ausgeschlossen. So empfand ich es immer. Ich gehörte eigentlich nicht wirklich dazu. So erging es mir. Ich war aber nicht eifersüchtig. Nein, irgendwie war ich beeindruckt, wie alles doch funktionierte. Es hätte alles viel komplizierter sein können. Mein Vater hatte alles unter Kontrolle, so schien es wenigstens bei oberflächlicher Betrachtung. Es war alles wunderbar organisiert."

Wir lagen nebeneinander und sie erzählte mir ihre Geschichte. Ich fühlte ihre Weichheit. Sie war so zart und ich genoss es sehr. Sie erzählte mir ein Geheimnis. Sie vertraute mir alles an. Es war eine Form von Wertschätzung. Ich sollte von jetzt ab dazugehören.

„Irgendwann war mein Vater dann plötzlich nicht mehr ansprechbar. Ich saß an seinem Bett und las in einem Buch. Ich hatte meine Hand auf seine Hand gelegt. Sein Gesicht war rosig, und er sah auch zufrieden aus. Der Arzt kam ins Zimmer und sagte, dass er seit gestern Morphium bekomme. Dann fing ich an zu weinen, denn ich wusste, was das bedeutete. Nun musste ich mich wirklich auf den Abschied vorbereiten."

Sie machte eine Pause.

„Der Arzt nahm mich in den Arm. Das hatte ich so allerdings nicht erwartet. Er sagte, ich bräuchte noch Kraft, denn das Spiel sei noch nicht zu Ende. Es könnte auch noch einmal besser werden, aber jetzt sei alles gerade ziemlich unten. Ich solle nicht unglücklich sein, Mein Vater sei zufrieden mit seiner Situation.

Ich war im dankbar, als er das sagte. Auch das hätte ich so nicht erwartet."

Ich hatte plötzlich das Gefühl, dass sie diese Geschichte noch niemandem vor mir erzählt hatte. Es war wahrscheinlich bisher nicht möglich gewesen. Sie war dazu bisher auch gar nicht in der Lage dazu gewesen.

„Als ich am nächsten Tag wieder in der Klinik erschien, kam der Arzt auf mich zu und fragte, ob ich mit alternativen Therapien einverstanden sei. Natürlich war ich einverstanden. Alles sollte versucht werden, meinen Vater zu retten."

Sie machte eine Pause.

„Mein Vater erholte sich tatsächlich durch die neue Therapie wieder. Im Rollstuhl fuhr ich ihn dann durch den Park. Mein Vater spielte sogar wieder Poker mit seinen Freunden. Sie kamen zu ihm extra ins Krankenhaus. Sie saßen dann alle in der Cafeteria. Es war rührend, ihnen zuzusehen. Ich war glücklich. Ich hatte mit so etwas gar nicht gerechnet."

Sie atmete tief ein.

„Einmal im Park überraschte er mich mit der Frage, ob ich seine Tränen am Grab meiner Mutter nicht verstanden hätte. Er habe sie nicht mehr geliebt und trotzdem habe er um sie geweint und auch um sich selbst. Sie habe ihm plötzlich leidgetan und er sich selbst auch. Sie sei seine Muse gewesen. Immer inspirierend, vor Gedanken sprühend. Aber er sei kein Künstler gewesen. Die Inspiration hatte ihm nicht wirklich geholfen.

„Bei mir ist sie vertrocknet. Ein Diplomat braucht wirklich keine Muse."

Dann sagte er abwertende Worte über den Status eines Diplomaten. „Ich wurde ihr nicht gerecht."

„Danach schwiegen wir. Ich hatte nichts dazu gesagt. Ich hatte ihn einfach reden lassen. Ich hatte auch nicht nachgefragt. Es ging mich alles auch nichts mehr an. Es war für mich alles ohne Bedeutung. Er sollte in seiner Situation über alles reden dürfen, was ihn beschäftigte."

Wieder entstand eine Pause.

„Die Nachmittage verbrachte ich weiter mit meinem Vater. Es ging im jetzt recht gut, denn er fing wieder mit seinen Sexgeschichten an. Abends war ich in Konzerten, im Kino oder im Theater."

„Einmal war ich zu einer Wohltätigkeitsveranstaltung eingeladen, die ein Freund von ihm organisiert hatte. Dort trat eine in New York sehr bekannte Jazzband auf und ich kam zufällig mit dem Pianisten ins Gespräch.

Wir unterhielten uns lange. Er brachte mich zum Lachen. Das war schon eine ganze Weile nicht mehr geschehen. Er wollte mich danach unbedingt persönlich nach Hause bringen.

Eine junge Frau allein zu Fuß in Soho. Mitten in der Nacht, das sei zu gefährlich, sagte er.

Als er sich brav vor meiner Haustüre verabschieden wollte, lud ich ihn ein, mit mir nach oben zu kommen. Aber irgendwie klappte es mit ihm nicht. Ich war viel zu angespannt. Ich sagte ihm, dass ich ihn gerne wiedersehen würde und dass es nicht an ihm liege. Er nahm es mit Humor und wir zogen uns gegenseitig wieder an.

Später hat es dann doch noch geklappt, mehrfach sogar."

Ich hatte lange nichts mehr gesagt. Und ich schwieg auch jetzt weiter dazu. Später kam mir der Gedanke, dass hier ein Rollentausch stattgefunden hatte. Sie hatte bei mir für kurze Zeit die Rolle ihres Vaters eingenommen und ich spielte ihre Rolle, als ihr Vater die Themen vorgab.

Dann sprach sie weiter.

„Immer mehr gewöhnte ich mich auch ans Geldausgeben. Meine Garderobe wuchs und wuchs. Immer wieder verschenkte ich dann auch wieder Sachen. Aber irgendwie war mein Leben doch richtig eintönig geworden. Ich fand mich auch selbst langweilig, weil ich ja eigentlich meine Zeit nur so vertrödelte. Aber ich wollte ganz für ihn da sein. Ihn nicht alleine lassen. Ich wollte mir später keine Vorwürfe machen müssen."

Wieder machte sie eine Pause

„Aber bald schon verschlechterte sich der Zustand meines Vaters wieder. Er baute nun doch zusehends ab. Der Arzt wurde immer ernster, wenn er mit mir sprach. Eines Tages sagte er: „Jetzt werden wir die Wende nicht mehr schaffen. Es kann langsam gehen oder auch schnell. Das ist jetzt seine letzte Etappe, die er noch vor sich hat."

Sie schaute mich an.

„Ein paar Tage später fiel er in ein Koma, aus dem er dann nicht mehr wiedererwacht ist. Ich hielt seine Hand und weinte. Ich war müde und erschöpft, vielleicht auch depressiv. Weihnachten verbrachte ich alleine vor dem Fernseher und Silvester auf dem Empire State Building. Runterspringen kam für mich nicht in Frage. Aber ich war alleine unter den festlich gekleideten Leuten, die ihre Champagnergläser in der Hand hielten und sich zuprosteten."

Wieder entstand eine Pause.

„Die letzten Nächte seines Lebens war ich bei ihm. Man hatte mir eine Liege ins Zimmer gestellt und ich durfte täglich die

Dusche des Personals benutzen. Immer wieder seufzte er, aber der Herzmonitor zeigte immer den gleichen Puls an. Sein Gesicht war friedlich. Er schien nur zu schlafen. Jeden Moment könnte er vielleicht ja wieder aufwachen. So waren seine letzten Tage vorübergegangen."

Ich sagte nichts.

„Doch dann schlug der Monitor plötzlich Alarm. Ein gleichbleibender Ton war nun da. Jetzt war es also passiert. Jetzt hatte er es bald geschafft. Noch bevor der Arzt kam, hatte ich ihm die Augen geschlossen und die Hände auf der Brust gefaltet. Ich war in diesem Moment nicht traurig. Ich habe ihm Glück gewünscht und ihm gesagt, dass ich ihn liebe. Ich packte dann meine Sachen ein und ging nach Hause. Das Warten hatte endlich ein Ende. Ich war froh, dass er es jetzt doch geschafft hatte."

×

Sie lag neben mir und sie hatte mir vieles von sich erzählt. Ich wollte nichts dazu sagen. Ich nahm sie einfach in den Arm und drückte sie an mich. Sie seufzte mehrmals und dann schlief sie einfach ein. Ich spürte ihren Atem. Sie atmete ruhig. Ihr Brustkorb hob und senkte sich. Irgendwann schlief auch ich neben ihr ein.

×

Ich wachte auf und sie war noch da. Sie konnte ja gar nicht gehen, denn wir waren ja bei ihr. Wir waren gerade in ihrer Wohnung. Sie lag neben mir und atmete ganz ruhig. Dann schlug sie plötzlich die Augen auf, lächelte mich an und schob sich langsam auf mich. Ich spürte ihr Becken und sie begann mit kreisenden Bewegungen.

×

Es war ja Samstag, und wir beide mussten heute nicht arbeiten.

„Möchtest du bei mir duschen?" fragte sie mich.

Wir waren beide jetzt plötzlich doch wieder im Alltag angekommen.

„Ja, gerne, aber ich könnte ein frisches T-Shirt und noch ein paar andere Dinge gebrauchen. Was hältst du davon, wenn ich ein paar Sachen hole und dann wiederkomme?

„Gute Idee! Dann warte ich noch und wir duschen dann zusammen."

Ich grinste sie an. Sie hatte gerade den Alltag wieder etwas auf die Seite geschoben.

Ganz schnell war ich wieder zurück. Aber ich musste sie wenigstens kurz von meinem Fenster aus beobachten. Da sah ich sie. Sie hatte nichts angezogen und lief durch ihre Wohnung. Sie verschwand in der Küche und kam mit einer Tasse wieder heraus. Sie wartete tatsächlich gerade auf mich.

Wir standen unter der Dusche und wir seiften uns gegenseitig ein. Ständig küssten wir uns und dann rutschte die Seife oder das Duschgel aus den Händen und fiel in die Wanne. Keiner wollte mit dem Spaß aufhören, aber irgendwann hatten wir dann doch genug. Wir kletterten heraus und trockneten uns dann auch gegenseitig ab. Dann holte sie ihre besten Öle und Cremes und begann mich von oben bis unten einzureiben.

„Das Beste kommt auf deinen Kopf! Das ist das berühmte Arganöl. Das machen die Frauen in Nordafrika."

Sie begann es vorsichtig in meine Kopfhaut einzumassieren.

Ich ließ sie alles machen. Noch nie hatte eine Frau mich so behandelt.

„Jetzt bist du dran!" rief ich.

Sie genoss es, als ich begann, nun auch sie zu cremen. Immer gab sie mir ein neues Fläschchen in die Hand.

„Das ist für die Oberarme und die Creme in der goldenen Verpackung kommt auf meine Brust!"

Ich verteilte alles und gehorchte ihren Anweisungen. Es duftete wie in einem botanischen Garten oder wie auf einer frisch gemähten Wiese oder wie auf

einem orientalischen Basar. Alle Düfte dieser Welt schienen gleichzeitig da zu sein. Sie lachte, als sie meine Verwirrung bemerkte. Sie lag auf dem Bauch und ich küsste ihre Pobacken. Ich hörte sie leise seufzen.

Irgendwann waren wir dann doch wieder angezogen und hatten beschlossen, zum Frühstück doch in das kleine Kaffee um die Ecke zu gehen.

×

Später gingen wir durch unseren Stadtteil spazieren. Hand in Hand, immer wieder küssten wir uns. Es war eine Art von Demonstration. Alle Nachbarn sollten sehen, dass wir nun beide zusammen waren.

Die Zeit spielte keine Rolle. Ich fragte sie, ob sie Lust auf Jazzmusik hatte. Da sie nicht sofort antwortete, nahm ich an, dass sie sich nicht sicher war, was sie antworten sollte.

„Heute Abend spielen sie Jazz Classics, kein Indie Jazz, kein Fusion Jazz, sondern Kompositionen von Michel Legrand. Der hat auch ganze Filmmusiken komponiert. Vor Jahren haben sie zuerst den Film gezeigt und dann die Musik nachgespielt. Das war ziemlich aufregend.

Nein, Sie hatte heute keine richtige Lust auf Jazz. Sie wollte lieber mit mir ins Kino gehen.

„Kino gefällt mir auch sehr gut. Du kommst dabei in eine völlig andere Welt voller Illusionen."

Sie wollte gerne in einen Film über einen berühmten Modeschöpfer aus London gehen. Eine Liebesgeschichte, natürlich. London in den 1950er Jahren. Reynolds Woodcock war ein berühmter Damenschneider und begehrter Junggeselle. In Liebesdingen hielt sich Reynolds für „verflucht" und flüchtet sich von einer Affäre in die nächste. Doch dann trat Alma in sein Leben, eine willensstarke Frau, die nicht nur seine Geliebte wurde, sondern auch die größte Inspiration für ihn war. Es gab Spannungen, klar! Aber es gelang ihr, dass er sie doch so akzeptierte, wie sie war.

Beschwingt gingen wir danach wieder nach Hause.

„Bist Du mir böse, wenn ich mich heute von Dir schon jetzt verabschiede?" sagte sie an der Haustüre. „Morgen muss ich wieder los. Mein Chef hat sich bereits gemeldet."

Wir küssten uns leidenschaftlich. Aber dann war sie weg und ich ging langsam über die Straße zurück in meine Wohnung.

×

Ich kam in meine Wohnung und der Anrufbeantworter blinkte mit seinem roten Licht. Davide hatte eine Nachricht darauf gesprochen, dass ich mich unbedingt melden sollte, weil es doch plötzlich Probleme gab.

Probleme? Wieso sollte es Probleme geben? Ich rief ihn an.

„Hallo Davide! Was ist los?" Er war selbst am Telefon.

„Hallo Paul! Schön, dass du anrufst. Ich bin noch etwas verwirrt wegen Sophia, aber es gibt Probleme mit der Firma, die unsere Patente übernommen hat. Sie wollen jetzt doch nicht zahlen. Sie wollen die Vereinbarungen nicht so einhalten, wie vereinbart. Ich hatte vor kurzem ein Gespräch mit ihnen. Ich habe jetzt alles dem Rechtsanwaltsbüro, das uns vertritt, übergeben. Sie wollten sich darum kümmern."

Er holte tief Luft.

„Eine Frau Doktor Renz, Anna Renz sei für uns zuständig. Ich habe sie einmal gesehen. Sie sieht aus wie ein Fotomodell. Ob die das schaffen wird, weiß ich nicht. Aber ich wollte dir nur Bescheid geben. Morgen habe ich einen Termin bei ihr. Halte mir die Daumen. Ich melde mich dann wieder bei dir."

Anna Renz, Frau Doktor, war für uns zuständig und ich hatte heute noch mit ihr geschlafen.

Irgendwie war ich amüsiert.

Ich ging zum Fenster und schaute hinüber. Alles war bereits dunkel. Ich sah nichts mehr von ihr. Sie war sicher schon zu Bett gegangen. Sie wollte ja morgen fit sein. Sie wollte sich um unsere Angelegenheit kümmern, aber sie hatte mir nichts davon gesagt. Sie wollte das Geschäftliche aus unserer Beziehung heraushalten. Keine Diskussionen oder Ähnliches. Das war sehr klug von ihr. Da war sie clever. Ich bewunderte sie. Sie wollte unsere Beziehung nicht gefährden. Ich war froh, dass sie sich so verhielt. Ihr lag viel an mir. Sie wollte mit mir zusammen sein. Alles Berufliche klammerte sie aus. Nur wir zwei. Irgendwie fand ich das großartig. Diese Frau wollte ich nie mehr verlieren.

Ich schaute mir noch die Sportschau an mit den aktuellen Fußballergebnissen und ging dann auch zu Bett. Ich träumte wieder von ihr. Sie war in meiner Nähe und ich war glücklich. Sie sprach ruhig und ermahnte mich, gelassen zu bleiben. Ich nickte ihr zu.

Gelassen wollte ich unbedingt sein. Nie mehr wieder wollte ich ein Burnout haben. Dann schlief ich ruhig ein. Ich hatte es gut. Ich liebte diese Frau und sie erwiderte meine Liebe.

×

Am Morgen wachte ich auf.

Ich war alleine, Ich war mit Anna zusammen gewesen, aber jetzt war sie sicher schon in ihrem Büro. Ihr Chef hatte sich ja gemeldet. Es gab ein Problem, und sie musste sich jetzt darum kümmern. Sicher war sie schon früh ins Büro gegangen. Ganz bestimmt würde sie sich wieder melden.

Ich stand auf und machte mir einen Espresso. Ich war gespannt, was Davide mir später berichten würde. Er war der Ansprechpartner für die Rechtsanwälte. Er musste sich damit auseinandersetzen, er konnte alles steuern. Er allein kümmerte sich um diese Dinge.

Bisher hatte sie mir eigentlich nicht erzählt, wie sie zu diesem Rechtsanwaltbüro gekommen war, das uns nun vertrat. Sicherlich war das ein Zufall gewesen.

Aber dort hatte sie mich zum ersten Mal gesehen. Ich hatte ja zunächst keinerlei Notiz von ihr genommen. Sie hatte ja ausschließlich mit Davide verhandelt und ich hatte ja damals nichts damit zu tun.

Den Espresso hatte ich inzwischen ausgetrunken.

Ich ging wieder ans Fenster und schaute hinüber.

Natürlich war alles dunkel. Sie war jetzt nicht zu Hause. Sie war natürlich bei der Arbeit. Das ganze Haus war jetzt ganz verlassen. Alle Bewohner waren sicherlich gerade bei der Arbeit. Auch der sportliche Student war gerade nicht zu sehen.

Ich stand da und schaute trotzdem hinüber. Dort, wo die pflegebedürftige Frau einst wohnte, war ebenfalls alles dunkel. Ihr Mann war also immer noch nicht zurück.

×

Ich setzte mich an den Schreibtisch und schaute meine Emails durch.

Ben hatte geschrieben und berichtete über neue Ergebnisse seiner Untersuchungen.

„Sowohl der Mangel an Vitamin D als auch der Mangel an Calcium, Magnesium und Bor machen krank. Besonders der Mangel an Bor verschärft die Fehlregulation des Immunsystems. Die Zufuhr dieser Mineralstoffe ist erforderlich, denn in Mitteleuropa herrscht ein Mangel an diesem Element. Immer sollte das nichtaktivierte Vitamin D im Blut bestimmt werden, weil Veränderungen nur sehr langsam erfolgen. Das aktivierte Vitamin D dagegen veränderte stündlich seinen Wert und ist deshalb für eine Verlaufskontrolle gar nicht geeignet"

Ich las mit großem Interesse. Mittels Zusammenfassungen hatte ich einen guten Überblick über seine Ergebnisse.

„Die Versorgung der Bevölkerung mit Vitamin D, Calcium, Magnesium und Bor ist eine große Aufgabe. Das liegt zum einen daran, dass wir durch die Ernährung und die ungenügende Sonneneinstrahlung ganzjährig zu wenig Vitamin D haben. Aber auch der Mineralstoffmangel ist allgegenwärtig. Wir sind darauf angewiesen, was wir im Supermarkt oder auch im Bioladen bekommen. Diese Lebensmittel haben sich in den zurückliegenden Jahren infolge einer industrialisierten Landwirtschaft und einer immer weiter fortschreitenden Verarbeitung der Lebensmittel ständig verschlechtert."

Da hatte er wirklich recht. Das wusste ich.

„Wir sind gerade dabei den Normbereich für Bor zu finden. Das ist schwierig in einer Welt, die mit Bor im Mangel lebt."

Konnte überhaupt ein Normbereich gefunden werden, wenn es nur Menschen mit einem Mangel gab? Das ging jetzt durch meinen Kopf. Auch beim Vitamin K2 war es ähnlich gewesen. Es gab immer noch keinen Normbereich. Das war nicht leicht zu akzeptieren.

In dieser Aussage steckte natürlich Brisanz. Wie sollte die Gesundheit unserer Kinder überhaupt gesichert werden? Wer würde diese Tatsache der Bevölkerung irgendwann einmal mitteilen?

Ich las immer weiter. Interessant waren auch seine Aussagen über das Microbiom.

„Als Microbiom bezeichnet man die Gesamtheit aller Bakterien, die in unserem Mund-Magen-Darmtrakt leben. Das Wissen um diese Bakterienbesiedelung hat sich explosionsartig vermehrt. Immer noch können wir viele dieser Bakterien aber immer noch nicht im Labor züchten."

Ich überlegte mir, warum dies eigentlich nicht möglich war.

Das war alles ziemlich spannend.

Aha, dachte ich mir. Das ist aber interessant.

Ich war weiter neugierig auf einen Text:

„Nur zwei Behandlungen mit Antibiotika innerhalb eines Jahres führt zu starken Veränderungen des Microbioms mit Langzeitfolgen für die Gesundheit. Aber es bestehen auch Beziehungen zwischen dem Microbiom und dem Vitamin D. Ein Mangel an Vitamin D verändert die Zusammensetzung der Bakterienflora in Richtung krankmachender Bakterien. Dadurch entstehen Entzündungen im Darm mit allen Folgen. Auch hier spielte der Vitamin D-Rezeptor eine entscheidende Rolle."

Ja, aber das wusste ich schon. Das hatte ich ja auch kürzlich Sophia so erklärt.

Jetzt hatte Ben wieder einmal gesagt, wie wichtig das Vitamin D war. Das hätte vor Jahren niemand gedacht.

Er schrieb noch viel, aber ich hatte für heute genug. Ich klickte weiter und fand tatsächlich auch eine E-Mail von Anna. Ich war überrascht. Von Anna eine E-Mail, jetzt schon! Ich öffnete sie und war sofort glücklich.

„Hallo Paul, ich denke an Dich. Ich kann es kaum erwarten, Dich wiederzusehen. Diesmal muss ich nicht verreisen, ich bin heute Abend wieder zurück und melde mich dann bei Dir."

Sie dachte an mich. Auch ich konnte es kaum erwarten, Anna wiederzusehen. Aber es waren noch einige Stunden bis dahin. Ich beschloss deshalb wieder einmal ins Fitness-Studio zu gehen.

Ich kam dort an und wurde freundlich begrüßt.

Nach dem Umziehen holte ich mir eine Schreibunterlage und einen Bleistift. Dann ging ich zur ersten Maschine. Ich hatte elf. Rückenstrecker, Bauchmuskulatur, Oberarme, Oberschenkel; alles wurde trainiert.

Danach unter die Dusche und dann wieder zurück nach Hause.

Ich hörte Musik. Jazz. Die Musiker kannte ich aus dem Jazz-Club.

Oft war die Live-Version besser als die auf der CD. Für mich spielte dies kaum eine Rolle. Ich sah die Musiker vor mir auf der Bühne, das war genug. Das Gehirn ersetzte den fehlenden Anteil. Ich genoss diese Musik.

Das Abendessen war einfach. Ein paar belegte Brote mit Schinken und einer Gurkenscheibe belegt. Es schmeckte mir gut. Ich trank Wasser dazu.

Erst mit Anna wollte ich später dann doch anstoßen.

Also wartete ich.

Aber der Abend wurde spät. Ich legte mich aufs Sofa und war dann bald auch eingeschlafen.

×

Irgendwann wachte ich auf. Es gab wieder so irgendein monotones Geräusch, das ich schon kannte. Aber im Moment wollte ich in Ruhe gelassen werden. Anna würde ja bestimmt noch kommen. Aber das Geräusch kam immer wieder.

Dann war ich ganz wach, denn mir fiel plötzlich ein, dass es ja die Klingel zu meiner Wohnung war. Ich stand also schnell auf und ging zur Tür.

Ich drückte den Türöffner und dann stand sie auch wieder vor mir. Oder träumte ich? Nein, sie war es wirklich, denn sie umarmte mich und zog mich an sich heran. Ich nahm ihr die Jacke ab und führte sie zur Couch. Sie sah etwas müde aus, das sah ich sofort. Aber sie lächelte mich an.

„Ein Glas Wasser?", fragte ich

„Gerne!", sagte sie.

Ich stand auf und ging in die Küche. Sie leerte dann das Glas in einem Zug.

„Du hattest einen anstrengenden Tag?"

„Oh, ja!" aber alle ist gut. Ich bleibe bei Dir. Lass uns kuscheln!"

Ich lag bei ihr und träumte. Sie lag neben mir und war dann auch sofort eingeschlafen. So lagen wir bei einander. Musste sie schon bald wieder aufstehen? Konnten wir den Tag gemeinsam verbringen? Ich schlief irgendwann auch ein. Später wachte ich auf. Wir lagen immer noch nebeneinander. Dann regte sie sich und wurde wach. Ich schaute sie an. Sie lächelte mich an.

„Heute bleibe ich bei Dir!"

Ich nickte. Dann schliefen wir weiter.

Irgendwann war es doch Zeit, aufzustehen. Ich ging in die Küche und holte Kaffee. Sie setzte sich auf und nahm die Tasse in die Hand. Sie trank langsam. Sie lächelte, also ging es ihr gut.

„Und?"

„Alles ist ok!" sagte sie.

Ich sagte nichts. Die Frage war letztlich, für wen es jetzt ok war. Aber ich wollte jetzt nicht weiter nachfragen. Wichtig war, dass sie bei mir war und dass es ihr gut ging. Alles andere war jetzt ganz unwichtig. Sie schmiegte sich an mich. Also wollte sie meine Nähe. Ich war glücklich darüber. Wir lagen nebeneinander.

Plötzlich zog sie mich zu sich heran. Blitzschnell zog sie mir den Pyjama aus und legte sich auf mich. Ihr Rücken wurde feucht und ich wusste dann, dass sie gekommen war. Ich bewegte mich schneller und spürte dann auch, dass ich bereit war. Sie atmete schnell. Dann lagen wir wieder nebeneinander.

Ich küsste sie. Sie leckte mit ihrer Zunge um meine Nase. Dann küssten wir uns wieder. Irgendwie gefiel ihr das alles. Es machte ihr wirklich Spaß. Sie wollte mehr. Also ging es immer wieder so hin und her. Dann waren wir dann doch etwas erschöpft. Sie rollte sich auf die Seite.

Sie hatte Hunger, das war mir klar. Sie stand auf, ging in die Küche und kam mit einem Paket aus der Gefriertruhe zurück.

„Frische Brötchen mit Käse und Marmelade, das könnte ich jetzt vertragen!"

Jetzt musste ich aber doch lachen. Hatte sie das wirklich in meiner Tiefkühltruhe gefunden?

Sie hatte sich inzwischen meinen Morgenmantel aus dem Bad geholt und wir saßen in der Küche beim Frühstück.

Sie schien zufrieden zu sein, denn sie lehnte sich zurück und sprach plötzlich in die Stille hinein:

„Ich muss noch kurz zu Ende berichten:"

Ich schaute sie an.

„Nach der Beerdigung meines Vaters bin ich wieder zurück nach Deutschland gekommen und habe hier mein Studium beendet. Weil ich zunächst nicht wusste, was ich danach machen sollte, habe ich dann weiter an der Uni gearbeitet. Mein Professor wollte mich nicht gehen lassen, aber wir hatte wirklich nichts miteinander. Er war sehr nett zu mir, er hat mich immer wieder zu sich nach Hause eingeladen, aber es war nichts. Ich hatte auch seine Frau gerne. Sie war sehr tolerant und wir verstanden uns auch gut, aber ich habe nicht mit ihm geschlafen. Ich hatte ihn wirklich gerne, aber ich liebte ihn nicht. Und jetzt arbeite ich bei einer sehr guten Kanzlei, aber das weißt du ja schon."

„Das ist die Kanzlei, die unsere Verträge ausgehandelt hat?"

„Genau! Und ihr seid ja auch sehr zufrieden, oder? Dass die jetzt nicht zahlen wollten, ist ja fast schon normal. Aber, da gibt es ja schon einige Möglichkeiten. Und die werden wir ausreizen. Also, mache dir da bitte keine Sorgen. Du hast ja mich!"

Sie strahlte mich an.

Diese Frau war einfach super. Wieso hatte ich so viel Glück?

„Als ich dich dort das erste Mal gesehen hatte, ist es passiert. Ich habe mich damals total in dich verliebt. Ich war ja bei all den Sitzungen immer dabei. Du warst der ruhige Pol. Du konntest alles so schlüssig erklären. Ich hatte plötzlich meinen Traummann in dir gesehen. Aber du hattest mich irgendwie überhaupt gar nicht wahrgenommen. Du hattest nie meine Blicke erwidert. Ich existierte für dich überhaupt nicht und ich konnte es damals auch nicht ändern."

„Du hast recht, ich habe keine genaue Erinnerung an damals mehr. Aber es ging mir ja auch nicht gut. Ich war damals völlig überarbeitet. Ich hatte kaum mehr geschlafen, so sehr hatte mich die Arbeit damals in Anspruch genommen. Ich habe mich erst wieder für Frauen interessiert als du gegenüber eingezogen bist. Schon aus der Ferne fühlte ich mich von Beginn an zu dir hingezogen."

Ich küsste sie sanft.

Sie sprach weiter:

„Dann hatte ich plötzlich einen Plan. Ich musste auf andere Weise in deine Nähe kommen. Aber wie? Wie konnte ich es anstellen bei meinem Traummann zu sein."

Sie machte eine Pause.

„Ich habe dich beobachtet und durch Zufall habe ich erfahren, dass die Wohnung gegenüber von dir frei war."

Ich schaute sie erstaunt an.

„Es war nicht einfach, den Vermieter zu überzeugen, dass ich seine neue Mieterin war. Aber als ich ohne Umschweife die viel zu hohe Miete akzeptiert hatte, konnte ich einziehen. Und ich war jetzt plötzlich ganz in deiner Nähe."

Ich war überrascht. Sie war wegen mir im Haus gegenüber eingezogen?

Ich hatte sie doch beobachtet und alles eingefädelt als mir der Brand im Nachbarhaus zu Hilfe kam.

Jetzt hatte sie plötzlich alle Fäden in der Hand gehabt?

Ich schaute sie an. Sie lächelte.

„Manchmal muss man dem Glück halt ein bisschen nachhelfen."

Ich nahm sie in den Arm und drückte sie an mich.

Danksagung

Bücher schreiben ist eine ziemlich einsame Unternehmung. Das Leben ist es aber nicht. Ich möchte meiner Frau Jutta Stoerl Strienz danken, die mich immer wieder inspiriert und unterstützt. Von ihr habe ich viel gelernt.

Weitere Titel bei BoD:

„Das Quantenfeld" (2013)   ISBN 978-3-8482-4723-3

„Ritomare" (2015)   ISBN 978-3-7386-4824-9

„Ritux" (2016)   ISBN 978-3-7412-2451-5

„Zattomare" (2017)   ISBN 978-3-7448-9307-7

Weitere Informationen unter: www.joachimstrienz.de